TopBook
智书客

一个人，遇见一本书

北国浩二

猫のいる喫茶店の名言探偵

曹珺红・译

猫咖啡馆的名言侦探

TopBook 饕书客
陕西新华出版传媒集团　陕西人民出版社

图书在版编目(CIP)数据

猫咖啡馆的名言侦探 / (日) 北国浩二著；曹珺红译. -- 西安：陕西人民出版社，2020. 9
ISBN 978 - 7 - 224 - 13600 - 5

Ⅰ. ①猫… Ⅱ. ①北… ②曹… Ⅲ. ①推理小说—日本—现代 Ⅳ. ①I313. 45

中国版本图书馆 CIP 数据核字(2020)第 072868 号

著作权合同登记号：25 - 2020 - 098

猫咖啡馆的名言侦探

作　　者	(日)北国浩二
译　　者	曹珺红
出版发行	陕西新华出版传媒集团　陕西人民出版社 (西安北大街 147 号　邮编：710003)
印　　刷	陕西龙山海天艺术印务有限公司
开　　本	787mm × 1092mm　32 开
印　　张	7. 625 印张
字　　数	200 千字
版　　次	2020 年 9 月第 1 版
印　　次	2020 年 9 月第 1 次印刷
书　　号	ISBN 978 - 7 - 224 - 13600 - 5
定　　价	58. 00 元

如有印装质量问题，请与本社联系调换。电话：029—87205094

目录

第一章　恶媳与涂鸦事件

“……法男律师，你说我说得对不对？她就是个恶媳——哎，你有没有在听我说呀？”江川寝具店的大婶儿恨不得把整个脸贴到我脸上，我急忙点头示意我在认真听。这位大妈一大早顶着门就来了，七七八八抱怨了半个多小时，面红耳赤，唾沫星子满天飞，说的基本都是儿媳的坏话。难道她的血压比她的人还高吗？对“大妈”我是有偏见的，首先我认为她们是一种生物，其次，这种生物都格外容易情绪激动——特别是说起别人坏话的时候。其极具攻击性的身姿往往无人能敌。

一大早就听大妈絮叨个没完，让我的情绪跌入谷底。因为是工作我才忍到现在，不过已经差不多到极限了，此刻我的脑海中忽然有了一种讥讽式的顿悟，它让我的脑子认为，自己根本就不适合当律师。毕竟，我只是一个普通得不能再普通的人了：未婚，二十八岁，身高一百七十二厘米，体重六十五公斤，不胖不瘦中等身材。没有什么特长，学习、运动、长相都属平平，而我的律师事业，也在平淡无奇的日子中刚刚开始了一年。

“……昨天，她也故意不做我的晚饭。”江川家的大婶儿捶胸顿足地继续说着，“今早，还不让我吃饭。这简直就是虐待老人!”

“不好意思，您刚才说什么?”

“不让我吃饭啊!”

“这个嘛，如果是事实的话……”

“你是说我在撒谎?”

“不敢不敢。”

被大婶儿狠狠地瞪着，我顿觉又矮了几分。

“再也不能忍气吞声了，我要告她。”大婶儿气汹汹地说，紧接着“嗝”的一声，把不知道是哪天吃的芹菜的味道从胃里打了出来。

“法男律师就拜托你了。那个恶媳简直让我无话可说了。”

“您这还叫无话可说?”我一脸无奈，“那您是要民事诉讼还是刑事诉讼?”

“你问我，我怎么能懂！这不是该你管的事儿吗?”

“我建议咱们在起诉之前，先约上您的儿媳，三人好好谈一谈吧。”

“什么，那怎么能行？一谈我就告不成了。我家那个恶媳在人前可会装了，但骨子里阴着呢!”

我叫苦不迭。婆媳之争，是最最扯不清、撇不净的事儿。

我的事务所每天都是这样。虽说常有客人来咨询是好事，可几乎没有什么正经可办的案子——房屋漏雨了、宠物狗跑了、最近看病的医生态度冷淡了、被邻居老爷爷说教了，净是这类事情。界市附近的居民，特别是上了年纪的人，好像从来都无法理解律师事务所不是便民服务站这个事实。

至于律师费，当然是拿不上的。只是不时会收到蔬菜店送的菜，或者有人请我吃碗面，最好的酬谢也就是几张商业街的代金券。说白了，我就是义务劳动，按中国人的说法，我就是“活雷锋”。我只能坚信：我的无私奉献一定会在某个日子结出铜臭味儿的硕果。

说真的，靠着这个信念，我努力坚持着。然而每当我因为铜臭味儿始终进不到我的鼻子里而气愤懊恼时，大家就会这么说——

“您父亲可是从来都不抱怨哦。”

这个时候我总想批评我的父亲——您老人家到底是在当律师还是在当上帝啊，我的天呀，给不给儿子活路啦。

总的来说，我就是个凡夫俗子，性子也不温顺，没有什么优良品德。父亲是这个街道上颇受信赖的、被大家仰慕的律师，也就是所谓的街道律师。十年前因意外事故去世时，悼念队伍长得让我感到震惊。大家都极度伤心地痛哭了一场。那一幕，让当时单纯幼稚的我以为律师是最了不起的工作——当然，这可能就是我一切错误选择的开端。

到现在我才终于明白，律师世家的我们为何如此清贫了。

真不该当这个律师，我走的路从开始就是错的。千辛万苦考取了律师资格，却不过是个被左邻右舍的大爷大妈使唤得团团转的、穷酸的便民服务员。

“唉，唉，法男律师！”江川家大婶儿的唾沫星子溅到了我的脸上，酸爽的味道时有时无，随风飘荡，“你有没有在听我说呀？你能不能认真点呀！”

“抱歉抱歉。”

我嘴上道着歉，心里却无比焦虑，真不知她要唠叨到什么时候。

“大婶儿，您可想好了哦，打官司是很辛苦的事呢！”我努力劝解着。

可是，江川家的大婶儿根本听不进去：“别拦着我，我已经下定决心了，一定要在法官面前彻底撕下那个恶媳的虚伪面具，从日本人高尚的情操和伟大的思想觉悟方面好好打击一下她的嚣张气焰。”

大妈说到“情操”的时候，我感觉她说的是“八坂琼勾玉”这种镇国之宝，而她也已经不是她了，是天照大神那种级别的大佬，那我还能说什么，我只是一个“屁民”啊，我松了松感觉有些勒脖子的领带。这时坐在桌前忙着记录的弟弟停下敲击键盘的手，忽然大大咧咧地问道：“江川寝具店的江川琴江，你知道今天是哪一年几月几日吗？请快速回答。”

“啊？”琴江是大婶儿的名字，她满脸诧异地看着弟弟。

愣怔片刻，因为发现自己说话的时候被不礼貌地打断，她恼怒地怼弟弟："你这个小兔崽子太不知道礼貌了，我正在说话耶，一个女人正在说话的时候被人打断，你知道这个女人有多尴尬吗？你回答我呀！啊？啊？另外——我为什么要回答这样的问题啊？为什么啊？"

我服了，大妈不但气性大，嘴也快，要是我，这个时候就只好边发出"嘿嘿嘿"的假笑边道歉了，但是弟弟一动不动，表情冷冷地继续追问："到底是知道还是不知道？"

我弟弟名叫堂下律，今年二十岁，高中肄业，现在是我的秘书。他有一个毛病，他在任何地方、时间、场合，都用一种极其冷酷没有一丝人类感情的语句在说话。说真的，他的社交能力、与人沟通能力都是零。除了不得已的情况，他从不轻易和家人之外的人交谈。一旦开口说话，我就不得不使出浑身解数到处救场，这搞得我很狼狈，到目前为止真不知他给我惹了多少麻烦。不过这个家伙也有他过人的一面——他十六岁时，就靠自学通过了律师资格考试的初试。第二年，复试也顺利通过。没想到在面试时，却为某一款法律条例的阐释和考官争吵起来，最终没能拿到律师资格证。弟弟在自己感兴趣的地方总能发挥超凡的能力，而其他方面则近乎低能。有一阵子我一直在思考，在和我搭伙儿之前，这个低能的家伙是怎么生存下来的，后来看着他一米八五的大个子和俊俏的脸庞，我的内心忽然有了一种完全无法考证的诡异答案。

他帅啊，帅是可以拯救世界的，和“可爱即正义”①是一个道理。

“不知道，就老老实实地说不知道。”弟弟继续冷酷地说。

被弟弟阿律这么逼迫着，刚才对我强势无比的琴江大婶儿竟然有些“㞞②”了。

“二〇……一三年，对吧，法男律师？”我点头示意，琴江大婶儿这才松了一口气，脸上表情也缓和许多。仿佛她已经忘记自己的目的，而进入了我弟弟为她设置的精神答题现场。

“五月……十一？不对，应该是十二号？”她再次看向我，希望得到我的暗示。这次，我只是微笑地望着她。

“那么，是星期几呢？”阿律继续追问。

“星期……”她想了好一会儿，忽然脸一下子红了——我猜她可能终于想起来自己来这里的目的并不是给我弟弟答题了，“我一个做生意的，没有必要知道星期几。”她说道。琴江大婶儿的丈夫半年前因脑梗去世。原本，她是打算关了店铺的。可是想到闲下来可能更不好，便拉上儿媳一起努力维系着生意。大婶儿有自己的儿子，还是区上的办事员，只是他从小被强势的妈妈宠着长大，进入社会之后，总是一副孱弱的样子，没什么主心骨，所以在自家的小店这里帮不上什

① “可爱即正义”是《草莓棉花糖》的广告语。由 YOTUBA SUTAZIO 的社长兼艺术设计里见英树创造。

② 讥笑人的软弱无能。

么忙。

“今天十五号星期三，是你们店的定休日。”说完，阿律便不客气地下了逐客令，“行了，你赶紧回吧。”

阿律的话大大刺激了大婶儿，她怒目圆睁说：“行了是什么意思？我说了要告儿媳的，打官司的事怎么办，不是还没说吗？”

“没什么要打的官司，快回去吧。”

“哎？！你怎么说话的！”

琴江大婶儿一副凶巴巴的恨不得吃了阿律的样子。我赶紧上前岔开话题说：“哎呀阿姨呀，星期三上午不是您去学大正琴①的时间吗？”——我是听了阿律的话，才想起来这个的。原来江川大叔还健在时，店铺没有定休日，大叔故去后，考虑到大妈学琴的时间，才开始每周三关门歇业的。

“我弟弟是担心您学琴快要迟到了，才催您的。”

琴江大婶儿这才“哎呀”一声站了起来，急忙抬头看了看墙上的挂钟，说：“要是这样的话就好好说嘛。真是的，你这个弟弟说话也太成问题了。”

我把嘴角斜上四十五度的笑容加上谄媚的眼角，用手揽着嘟嘟囔囔不高兴的大婶儿的肩膀，又拿了两个别人送的花

---

① 大正琴：是日本发明的乐器。相传 1912 年（大正元年），由日本名古屋大须森田屋旅馆主人的长子森田吾郎创制。由于其构造简单、容易弹奏、音色清脆而深受日本民众的喜爱。20 世纪 20 年代，大正琴传入中国。因流行地区的不同，又有“凤凰琴”“大众琴”“和平琴”“中山琴”之称。

林糖果子塞给她，才送她到门口，对她说：“我一会儿就去您家，和您儿媳谈一谈打官司的事。回头咱慢慢再议。您慢走，路上当心。”我向琴江大婶儿挥挥手，微笑着目送她，她这才不情愿地嘟嘟囔囔地沿着小路慢慢走了。

江川大叔去世后，大婶儿明显消瘦了。

看着她瘦弱的背影，我不由得心生怜悯。不过，同情归同情，我可不愿卷进这些家庭纠纷里去。关键是，这种活儿不挣钱。

我心情郁闷，重重关上了事务所的大门。我走近阿律身边，看他依然紧盯着电脑屏幕，修长的手指继续在键盘上飞舞，连头也没抬一下。阿律今天穿了一件雪白的衬衫，下面是条崭新笔挺的蓝色牛仔裤。衬衣穿得整整齐齐，纽扣一直扣到最上面。蓬松的头发、俊俏的脸庞、修长匀称的身材，活脱脱一个日本少女“强烈劝嫁”的标准好青年。不过，这只是弟弟给人留下的第一印象。这种好印象不仅没给他带来什么益处，反倒成了最大的缺点。因为他一开口说话，好感度就会直线下降，迅速跌至谷底，有时候说不定还会穿过谷底，直接冲到谷底外面的高速公路上去……

每当这个时候，我就忽然在内心有一种优越感。虽然我没有弟弟这么聪明、高挑、俊俏，但是——我因为各项能力都很平均，所以“稳”呀。

我探头看了一眼电脑屏，刚才和江川家大婶儿的谈话已经被弟弟条理清晰地整理成文。等待完全整理完记录，阿律才开口说话：“好的记忆力固然厉害，可遗忘的能力才是最伟人的。"

“这又是哪个家伙说的名人名言吗?”

“阿尔伯特·哈伯德，美国实业家、教育家。”

阿律有很多执着拘泥的东西，其中最痴迷的就是喜欢收集各种伟人说的“至理名言”。他从网上、书籍里收集了好多名言警句，每每都会应景地拿出来用一下，是一个骨灰级的“名言控”。

“你不会是觉得琴江大婶儿患上了老年痴呆症吧?”

阿律面无表情平静地用极快的语速说道:“她说昨晚和今早都没吃饭，可是却唾沫星四溅，喋喋不休地说了整整三十八分钟。人上了年纪，唾液的分泌量会减少，如果没吃饭，就更不容易分泌。像她这样旺盛的唾液量，还打了饱嗝儿，脸色红润，绝对是按时吃了饭的。那么，是不是大婶儿在说谎呢?答案当然是:不。因为人说了谎，会不自觉地摸自己的脸、喉咙或是嘴，绝不会把手放到胸口。可是她放了。而且，人说谎时，目光往往是躲闪不定的，她也没有，对吧?这就是很有趣的地方，她明明吃了饭，却坚信自己没吃。”

阿律总是能这么敏锐、细腻地洞察到细微的东西。要是我能有阿律十分之一的能力，早就进金牌律师事务所了。我深深叹了一口气，对阿律说:“也不知琴江大婶儿的家人有没有发现她的问题?”

阿律完全没有理会我。

“哥，我可以去看看猫吗?”

“啊？噢，好，你先去吧。”

阿律面无表情地起身，居然同手同脚，用机器人一样的步伐从旁边的侧门钻进另一边的猫咖啡馆去了。

“我干脆也去喝杯咖啡吧！”我自言自语道。伸了个懒腰，站起来把写着“有事请到隔壁猫咖啡馆”的牌子挂到门上，从侧门进了咖啡馆。

谷中商业街有条小路通向寺町方向，猫咖啡馆就在这条小路的右边。猫咖啡馆是我的小姨和她的丈夫开的。小姨特别喜欢猫，姨父却不怎么爱猫。他们经营这家咖啡馆已有二十多年了，生意马马虎虎。咖啡馆是一间木质结构的古老民房改建的，仿照了山间小屋的俭朴风格，有一种沉甸甸的年代感。木质外墙上爬满了藤蔓，店门口随意摆放着几盆盆栽，又带着几分邻家的亲和感。咖啡馆里养了三只猫，加上附近的流浪猫也经常大摇大摆地不请自来，店内店外便随处可见悠然自处的猫儿。

猫咖啡馆的大厅以前和我的律师事务所用的房间是相通的，中间通道的地方总是摆放着一些出售的小糖果。后来，因为我要开事务所，才用石膏板砌了一堵墙，把两边隔开了。

从事律师这个职业，一般都是在司法研修后，先到别人开的律师事务所工作一段时间，等积累了相当的经验和技能才自己独立开事务所。可是，当年在司法研修的最后阶段，大多数人都确定了工作，我却没有拿到一家律师事务所的录用通知。像我这样的一小部分人，不得已苦苦挣扎于各路求职洪流之中，到处尝试，四处碰壁。那段时间里，只要有人要，我不挑地方。可各种面试之后，我都没有被录取，就连挂名律师——就是那种没有基本工资、完全按自己工作成绩领取报酬的工作，也没我的份儿。姨父实在不忍心看我陷入穷途末路，从旁拉了我一把，建议我“干脆自己开家事务所”。

就这样，没有任何从业经验、没有任何实战技能的我，直接自己开了这家事务所。这在业界被称作“独立辩护律师”。我就是这样一个直接独立开律师事务所的家伙。为此，有些不怀好意的同期研修的学员在背后叫我“毒(独)辩”。

哈哈哈，好笑。

如果当初没有姨父的鼓励，我恐怕已经放弃律师这个职业，随便找个别的工作了。所以，别人爱怎么说，随他们好了，我必须得咬牙坚持下去。

决定开业后，需要的东西基本是从家居量贩市场便宜买来的，办公桌椅以及一些办公文具也是从二手店淘来的。就这样，事务所总算有了大致的样子。隔断的石膏墙和门窗是姨父帮我弄好的——他原是黑社会成员，这套手艺是在劳教所时学会的。

姨父在咖啡馆那边沿墙打了一个落地大书柜。其实店里原本已有一个摆满了漫画书的落地书柜，可喜欢漫画的姨父不知又从哪里弄来了大量的旧漫画书，把新做的书柜也塞满了，店里的藏书量一下子就超过了三千本。姨父当时踌躇满志的样子，伴着身旁小姨那副万般无奈的神情……我现在依然记忆犹新。

咖啡馆内飘荡着木质材料特有的温润气息。摆放咖啡器具的吧台和客人用的桌子，虽然表面有些疤痕或刻写的痕迹，但正因为如此，才更有一种天然复古的感觉。天气好的时候，临街的大飘窗上总是卧着几只猫，头对头地挤在一起晒着太阳打盹儿。

“江川家大婶儿的事情处理得怎么样了啊?”在吧台里洗杯碟的小姨问我。

小姨的名字叫猫山照美，是我妈妈的妹妹。我妈妈十五年前患癌症去世后，小姨一直像妈妈一样照顾着我和弟弟。十年前父亲也因故去世，我们就把爸爸的事务所兼住宅的老房子卖了，搬来和小姨姨父一起生活。

小姨夫妇没有孩子——小姨生不了。虽然他们也接受了各种治疗，却始终没能怀上自己的孩子。小姨和姨父待我们兄弟像亲生的孩子一般，让早早失去父母的我们至今依然享受着家庭的温暖。

“是这样的……”

我把刚才的大致情况说了一下，小姨不由皱起了眉头。

“这样的话，可就麻烦了，依我看，江川家大婶儿……是老年痴呆症吧。”

“呀，现在还不能确定呢。”

“可是，”正在用法兰绒滤网做手冲深煎咖啡的姨父很惋惜地说，“江川家的那位，还不到六十岁呢，按照年纪应该不至于吧。”

“他爸，你还真是什么都不懂呀，痴呆症和年龄无关。”小姨无奈地说。

照美小姨自从收养了我们兄弟之后，就开始用“他爸”称呼姨父了。刚开始，姨父还有点不好意思，不太习惯，过了这么多年，现在已然彻底是“孩儿他爸”的感觉了。

“这叫青壮年痴呆，”小姨说，“现在有不少人得呢。听说还有二十多岁、三十多岁的人呢。对吧，法男？”

我两肘撑在吧台上点了点头。

姨父惊得两眼瞪得溜圆，“二十多岁就痴呆，真的假的？”他低头把冲好的咖啡倒进杯子，叫阿律：“喂，快来，咖啡冲好了。”

阿律正在屋角的座位上给猫梳着毛。他停下来，放下卧在他腿上的老猫胖太，走过来坐到我身边。

阿律使劲吸鼻子闻了闻气味，很无意地说了一句：“今天咖啡豆的量，比平时少放了一克。”

“瞎说。”嘴上这么讲，可姨父的眼神不由得躲闪了一下。

“我们阿律的嗅觉可不好糊弄哦！”小姨说。

“又不是给客人冲，看着差不多就行了。”

“原本就是姨父您爱糊弄人吧。”

被我和小姨这么说破了，姨父摸着脖颈，有点不好意思了。咖啡的一克之差，对阿律来说是明显得不能再明显的误差了——当然，我是完全察觉不到的。刚刚冲泡好的咖啡香气四溢，这美妙的气味顿时驱散了我的烦恼。端起杯子喝了一口热乎乎的咖啡，浓郁深邃的香味温柔地在我的口中漫开。

“对了法男，你知道吗，听说又有地方被涂鸦了。”小姨说。

“又有了？这次是哪儿呀？”

“夜店通那条街上的钟表店。听说卷闸门上被涂抹得乱七八糟。”

大约从两周前开始，有人在这一带到处乱抹乱画。一堆不明含义的字母再加上 UFO 的图案，完全是一种幼稚的乱画，和艺术涂鸦丝毫沾不上边儿。商店的卷闸门、没人住的空房子以及公共厕所接连中招。

犯人一般选择深夜作案。据目击证人描述，犯人的脸被帽衫上的帽子遮住了，看不到，但应该是个年轻男子。

“听说，昨晚半夜一点多，”小姨说，“犯人在涂画的时候，刚好被巡逻的警察碰到了。警察去追，男子把手中的喷绘罐砸向警察，然后逃走了。”

姨父不屑地“嘁”了一声，“真是，这警察也太没用了。不赶快抓住犯人，害得人晚上都睡不踏实。”姨父拿起他那高级的芝宝打火机，点上柔和七星烟，看着我说：“一会儿是不是要去江川家？”

“嗯，恐怕还是得去一下吧。”

“当然得去了，这是仁义之举。”

姨父总是把“仁义、侠心”挂在嘴边。在姨父的内心，至今还坚信世间万事都得靠这些维系。

“法男，你听我的，一定要去的哦。”

“噢。”

“嗯，噢是什么意思？”

看到姨父怒目圆睁，我吓得缩了缩脖子，赶紧认认真真地回答说：“知道了，我一定去。”

“哦，对了，记着顺便去钟表店看看，也试着找点生意。”

“生意？”

“你是不是傻呀？”姨父吐出一口烟，满脸绝望地看着我说，“记着去告诉他们，如果抓住犯人了，你可以帮他们打官司美美敲一笔赔偿金。这样，你不就揽到一个活儿了吗？”

“啊？”

“啊什么啊？！就是这么不走心，你们这些宽松时代的孩子们呀。”

“我可不是什么宽松时代。”

“所谓宽松时代，”阿律突然插嘴说道，“按出生年代，大约是指一九八八年到二〇〇〇年出生的那一代人。更具体地讲……”

“行了，不用说了。”

阿律的话被姨夫直接打断了。他只好不再作声，端起咖啡喝了一口。

“说起来呀，阿律，你还真属于宽松时代呢！”不知为何小姨颇有感慨地说。

“哎呀，他们俩都应该是，”姨父说，“我主要是想说，法男你呀，你的欲望不够强烈。也就是说，你缺乏好胜好斗之心，就是万事都要争一争的那股劲儿。”

“我们法男和阿律可都是温和的草食系男子哦。”

“可是，今后的律师行业也是要靠营销、要拉生意才行的。明白吗，法男！”

我叹了一口气，低头把视线投向咖啡。

“就是因为这样，连个女人都弄不到手呀。”

“和这没关系！”

“当然有关系，关系大了。想当年，我年轻时经常……”

“行了，别说了。”

被小姨瞪了一眼，姨父不好意思地挠挠他那花白的头发，自言自语地念叨起来：“哎呀，我都忘了，好像还有客人点了什么咖啡呢。”

看起来老虎似的凶巴巴的姨父，在小姨面前总是低眉顺眼的。

“我喝完了。”我放下咖啡杯，拍了一下阿律的肩头说，“走，我们去江川家喽。”

阿律点了点头，眼睛却始终盯着杯子——阿律喝干净杯子里最后一滴咖啡，轻轻地把杯子放回杯垫上——杯子把手如果没有对准平行方向，那阿律一定要调整到完全满意才行。

律师，听起来好像很了不起。“精英”“高收入”“聪明”等等，大多数的人首先会想到这些好的方面。的确，有很多律师是这样的。可是，像我这样的律师也数不胜数。虽说这与我当司法见习生期间成绩不尽如人意有关，可也不完全是这么单纯的原因。目前注册律师超过三万人，律师早已过剩。律师在大城市找不到工作，就连地方城市也越来越难就职了。

要想成为律师，法学专业的学费以及司法研修费加起来最少也得上千万。如果没有找到很好的工作，那就惨透了。我是卖了家里的老房子和地，再加上父母的寿险，才勉强还完了所有贷学金。和那些背着巨额贷学金的同伴相比，我算是幸运的。

即使千辛万苦地熬过了司法研修，可是因为背负巨额贷学金无力再缴纳律师协会的会费，有不少人也不得不为此放弃律师工作，另寻就业渠道。据说这部分人高达两成之多。还有一些人，虽然注册了律师资格，可是因为找不到录用的事务所，也不得不放弃律师这个职业，或成为不拿工资只拿佣金的挂名律师。再不然，就像我一样，没有任何经验就直接开事务所，成为“独立辩护律师”。

当然，艰难的不仅仅是我们这些从业新手。那些资深律师中，也有不少人中途放弃了律师工作。律师这个行业，早已进入残酷的强者存活的时代。

的确，像姨父说的那样，如今不搞营销是混不下去的。如果我们受理的案件一直维持目前状况，早晚也得歇业关张。

一般，人们习惯把谷中、根津、千驮木这三个地方合称“谷根千”。这个区域位于日暮里站[①]的西侧，因为幸免战火的洗劫，也没有被裹进大发展的洪流当中，时至今日，古老的民房和寺庙一如既往熙熙攘攘地挤在一起。来到这里，就仿佛穿越了时空隧道，到处可以感受到昔日古旧的情怀。

出了日暮里站西口，沿着缓坡往下走到头，就会来到一个长长的阶梯前。从这里爬到阶梯最高处眺望，在傍晚会看到美丽的夕阳。因此，这个阶梯被大家称作“夕阳阶梯”，是欣赏夕阳的绝佳地。另外，谷中界隈还素有猫之街的美称。黄昏时分，野猫加上家猫总爱汇集在这里，人们又亲切地称这里是“夕阳猫阶”。沿着这个阶梯的另一边往下走，直对着的就是谷中银座商业街。商业街里店铺鳞次栉比，一直保留着原初的风貌。自从被电视和杂志介绍之后，这里一跃成为热门景点，每到周末或节假日，狭小的商业街上总是挤满了游客。

人多了，猫就更多了。逛商业街的游客们买了炸鸡块之类的小吃在路边吃，猫儿们便寻着气味主动靠近来觅食。如此一来，周末的商业街被人流和猫群搞得喧闹嘈杂，真是一派热火朝天的气象。

---

① 日暮里站是东日本旅客铁道(JR 东日本)、京成电铁及东京都交通局的铁路车站，位于东京都荒川区。

江川寝具店就在这条商业街的一角。

今天是周内，又是上午时段，街上的人很少。店门边上卧着的猫儿们也无精打采，一副懒散的样子。

江川寝具店今天休息，卷闸门紧紧地关着。我按了一下大门上的门铃，江川家的媳妇——也就是大婶儿口中的那个恶媳很快就应声出来了。

江川家的媳妇名叫明美，三十多岁，人看起来很温柔，完全和恶媳沾不上一点儿边儿。

“嫂子好！我是堂下。”

我刚和明美打过招呼，阿律就从我的肩头探出脑袋，脸上没有什么表情，一个字一个字炒豆似的说道：“噢？堂下，躺下？”

不知为何，阿律特别喜欢这句话，他自认为这样很搞笑。只要我和人打招呼说到自己的姓名，他每每都要把这句完全没有笑点的“幽默”话语念叨一遍。

明美扑哧笑了出来，说：“您弟弟还是老样子。”

“没办法，总也长不大，”我不好意思地摸了摸后脑勺问道，“那个，大婶儿她是不是去学琴了？”

“是呀，急急忙忙地走了。”明美的表情稍稍变了一点儿，问，“我婆婆是不是去找您了？”

“是呀。”

“是不是说什么了？”

“我就是找您来说这件事的，您现在忙吗？”

“不忙不忙，正好我也想去找您呢。”

明美带我们到了客厅——那是一间大约八张榻榻米大小的和式房间，有外廊和庭院。外廊的门框上挂着干花，一角放着贝壳花的盆栽，小喇叭状的绿色花萼挂满了枝头。端午节过去好久了，柜子上摆放的五月人偶竟然还没收起来——看到这个我才想起来，明美有一个上小学的儿子，叫江川研人。

明美拿出坐垫请我们坐下，上席的方向有一把无脚靠背椅①，旁边放着茶杯、老花镜和一大堆补钙补维生素的保健药瓶。

“大嫂您最近好像又瘦了。”

听了我的话，明美双眉紧蹙，点了一下头。

“婆婆嘴上不肯承认，其实公公去世，她还是很伤怀的。”

明美表情凝重。不过，很快她做出微笑的表情说：“我这就去泡茶，请稍等。”

我急忙说：“别张罗了。”可是明美已经转身去厨房了。

我和阿律放眼看向庭院。粉红色的杜鹃花、大红的茱萸花在随风摇曳，麝香豌豆花、翠雀花绚丽地绽放着。五月真是一个美好的季节，五颜六色的花争奇斗艳，开满枝头，望着这些怒放的花朵，心灵都得到了净化。

望着庭院中的花，阿律突然说：“悲伤和苦难会绽放出温情的花朵。”

① 榻榻米上面放的没有椅子腿的椅子。

“这是谁的名言呢?”

“海伦·亚当斯·凯勒，她从小就因患猩红热失去了视力、听力和说话的能力。可是，她背负着沉重的苦难却坚持读完了大学，是个创造奇迹的人。她还积极致力于公益事业，是个著名的社会活动家呢。”

“温情、体谅，这可是你最缺的哦。”

“哥哥你也一样。”

“找揍吧你?”

我刚摆出要收拾弟弟的架势，明美已经沏好了茶，用托盘端着茶壶和茶杯走了过来。“不好意思，家里这么乱。”明美边说边收拾着茶几上的小广告宣传单、保健药盒和零食的空袋子，然后给我们倒上热乎乎的茶。

我端起杯子喝了一口，就直奔主题，把琴江大婶儿来事务所时的具体情况以及我们怀疑大婶儿可能患了痴呆症的想法和盘托出。

“我婆婆竟然这样说我呀!”

“我确认一下哦，昨晚和今早大婶儿都吃饭了吧?”

“嗯。”明美一边叹气一边点头回答道，“不过，吃是吃了，就是最近食欲不好，还拉肚子。前一阵，吃完饭还吐了呢。”

虽说表面上大婶儿好像依然是风风火火的样子，其实身心都颇受打击。也许正是大叔的去世，诱发了痴呆的病症。

“大婶儿去看医生了吗?”

明美紧锁眉头，摇了摇头。

“婆婆最讨厌去医院了。原本心脏就不太好，稍激动一点儿就胸闷喘不上气，有时胸口疼得都坐到地上了。我说了几次去医院，越说她越打别，更不肯去了。”明美耷拉着脑袋，自言自语地说，“也许，婆婆很讨厌我吧。”

“不会的。”虽然我没有什么依据，可为了安慰明美，我赶紧这么答道，“你婆婆抱怨你不是真心的。一般患了痴呆，会有强烈的被害妄想。她只是说你不让她吃饭、从她钱包里拿钱了而已。”

“我呀，”明美面露难色，好像很难开口，犹豫片刻，她说，“对于婆婆来说，我就是那个夺走了她可爱独生子的恶女人。我嫁进来已经十年了，这个想法婆婆始终没有变。不管我怎么努力都没用。”

明美深深地叹了一口气。

“完全看不出你们婆媳关系不好呀。”

“那是因为我从不顶撞婆婆。不管她说什么，我都顺从她。被她抱怨，我也是笑脸相迎。不交心，自然连架也吵不起来。”

这时，阿律突然插嘴说：“吵架，看似交恶之灾，背后却蕴含着理解、友情和亲密。”

明美不解地看着阿律。

“这是一个叫约瑟夫·墨菲①的美国牧师说的话。”

① 约瑟夫·墨菲（JOSEPH MURPHY，1898—1981）是哲学博士、神学博士、法学博士，是挖掘人类潜能方面的权威人物。

“哦，是那个提出墨菲法则的人吧？”

“不对，”阿律直截了当地否定了明美，“墨菲法则是将前人经验汇集起来得到的法则，实际上并不是墨菲一个人想出来的。”

“是吗？阿律，你果然博学呀。”

阿律好像没听见明美赞许似的，自顾自啃起他的指甲。

“傻子，不许在人前啃指甲。”我瞪了阿律一眼。

“哥哥你才傻呢！”阿律小声嘟囔了一句。

我偷偷地轻拧了一下他的大腿，没想到他却大叫“好疼”，跳了起来。

“别闹，这是在别人家。”

明美抿嘴笑着说：“你们哥俩真好。能这样打打闹闹，多让人羡慕呀。”

“不好意思，弟弟不懂事。”

“哥哥你才不靠谱。”阿律又小声嘀咕了一句。

“别说了！”

“就不。”

“找打吧？”

“这个叫墨菲的先生说了这样的话呀……”明美若有所思地说，“我多希望能和婆婆也这样，有吵有闹的……”

我赶紧端正了一下坐姿，问道：“您有没有和您丈夫商量过？”

“我家那位呀，就是一个‘妈宝’。”明美无奈地说，“他永远站在婆婆那边，根本不听我说。总是嫌我想得太多，要么就说我不够孝顺。他很少在家，根本不了解情况。从早到晚，我整天看着婆婆脸色过日子，还不落好。”

确实要怪明美的丈夫。他要是能好好从中劝和，也不用我义务劳动，来做调解员了。

“不过，我公公在世时对我很好。虽然他很怕婆婆，当面不敢说什么，可是私底下总是对我说你受累了、抱歉让你受委屈了之类的话，真是个好人。”

“重要的，”阿律说，“不是给予多少，而是给予时包含了多少爱。”

“这又是谁的名言？”

“特蕾莎修女①。”

明美好像体会到了这句话的真谛，点了点头。

“你有没有注意到大婶儿最近有什么奇怪的举动？”

明美听我这么一说，眉头紧蹙，表情沉重地说：“前天半夜，她急急火火地起来，找不到厕所，尿到裤子上了。昨天，明明在家待着，她却说不知道自己在哪，闹着要回家。好在，很快又明白过来了。”

“那，还是尽快去医院检查一下为好。”

“是呀。可是如果我这么说，她就拧着，不肯去。”明美说着深深地叹了一口气。突然，她盯着我说：“堂下君

---

① 特蕾莎修女（BLESSED TERESA OF CALCUTTA，1910 年 8 月 27 日—1997 年 9 月 5 日），又译兰德修女、特里莎修女和泰瑞莎修女，是世界著名的天主教慈善工作者，主要为印度加尔各答的穷人服务。因其一生致力于消除贫困，于 1979 年获得诺贝尔和平奖。

呀——”看着明美一板一眼认真的样子，我就有一种不好的预感。

“不好意思哦。”她说。

果然，我还是要摊上事儿。

“能麻烦您带我婆婆去医院吗？也正好给她检查一下心脏。”

“让我带吗？”

“拜托您了！”明美两手合十。

还是饶了我吧，为什么这些不挣钱的事一个劲儿地找上我呢？我心想。

“您要是想买新被褥，我给您优惠。”

换什么新被褥呀，我压根儿没有这个需求。

“我这里还有好枕头哦，有助眠效果，是我们店的招牌商品呢。豁出去了，给您打七折！怎么样？拜托您了！”

咦，是不是搞错了？我怎么觉得她这是在推销商品呢。什么豁出去豁不出去的，七折？能算诚意大吗？

“堂下君，我觉得您一定能搞定的！拜托，拜托了！”

在明美的煽动忽悠下，我最终还是答应了：“那，我试着劝劝大婶儿吧。”

唉，我这样没有主见的性格，怎么能成事……

“太好了，您可是帮我大忙了。”明美的表情一下子变得欢快起来。

希望下次您给我找的活儿，是正儿八经的辩护的工作。我在心里默默地祈求上天眷顾。

我把心里的厌烦和无奈硬压了下去问道："大婶儿她一个人出门去了，不会出什么事吧？"

"我说了要跟她去，她不让。没办法，我只好把儿童用的手机给她带上了。万一有什么事，可以用 GPS 定位找到她。"

"现在真是越来越方便了。"我感慨道，"对了，您儿子今年该上几年级了？"

"三年级了。"

我转过头看了看五月人偶，一副武士的盔甲威武气派地摆放在玻璃罩中。

明美注意到我的视线，苦笑着说："那是我丈夫小时候，我婆婆给买的。端午节早都过完了，婆婆就是不让收，还因为这事跟我不高兴呢。"

我不知该怎么接话，就笑了笑说"三年级的男孩子，正是最淘气的时候呀"，想岔开这个话题。

"说起来孩子，也很闹心。"明美的脸上又是阴云密布。

"怎么了？"

"今年春天新转来一个男孩子，那孩子……"

"是不是欺负你的孩子了？"

"好像还没到欺负的程度。"明美心情很沉重的样子，"那个孩子脾气很暴躁，一点儿小事就发脾气。我儿子害怕他，竟然为了躲他说不要去学校上学呢。真是愁死人了。"

"您没告诉班主任老师吗？"

明美摇了摇头："那样的话，是不是太小题大做呀？我也不知道该怎么办。如果去告状，让人家老师觉得孩子的品性很差就不好了。关键是咱孩子在人家老师手里攥着呢，不是吗？”

竟然还有这样考虑问题的家长呀，真是想法各异。家长中还有那种总爱提各种无理要求的，人们把这样的家长叫“怪兽家长”。另一方面，也有像明美这样担心给孩子带来不利影响，事事都唯唯诺诺的家长。

“那个孩子父母好像不怎么管教，听说大半夜还一个人在外面晃悠，也怪可怜的。不好意思，偏离了主题了。”明美说着挺了挺腰板，“我也试着和我丈夫谈过，可他不是一个敢要求妈妈的人。所以不好意思啦，堂下君，我只能拜托您了。”

“好吧。”我无可奈何地点了点头。

“真是帮了我的大忙了，”明美看起来轻松了许多，“听说上一代律师——您的父亲人也很好，现在还常常听到大家赞许他呢。”

说什么上一代律师呀，我们律师这个职业可不是世袭的哦。

离开江川家，我准备去夜店通那条街上的钟表店看看。突然有人从后面叫我。回头一看，原来是丸目。

丸目正如他的名字一样，长着一对圆溜溜的眼睛，身体也圆滚滚的，像个狸猫。他过去曾和我父亲一起合伙开办律师事务所，也是个街道律师。我父亲去世后，他便放弃了律师这个工作，到一座没有继承人的寺院去当了住持，也是一位不走寻常路的人。听说那座寺院的老住持原本是拜托他找继承人的，结果他毛遂自荐，自己接手了这座寺院。寺院的名称叫永乐寺，在寺町的背街上，院里长满了苔藓，供奉香火的檀家①很少。这样没落的寺庙找不到继承人，也不难理解。现在，只有丸目和他的独生女儿住在寺院里。邻里们都对他接手寺院很不理解，可是他本人乐在其中，脸和身体与之前相比越发滚圆起来。

丸目笑眯眯地对我招招手，走了过来。他穿了一身白色耐克运动衫、运动裤，脚上趿拉着防水竹皮屐，头上光溜溜的没有一根头发。虽然已经六十岁了，脸上还冒着青春痘。

“去店里寻你，照美说你去江川家了。”也许是每天诵经的缘故吧，丸目声音洪亮，格外有穿透力。

丸目生在大阪长在大阪，虽然到东京已经很多年了，但多年来一直满口关西腔。

我表情凝重地看着他：“丸目，你来找我，准没好事。”

丸目哈哈大笑，用力拍了一下我的肩膀说：“瞎说什么呢。”

“你专门跑到事务所去找我，一定是什么急事吧？”

说起来，丸目是看着我长大的，像我的家人一样。他的独生女儿小咲也像我自家的妹妹。从小就任性的小咲，也许

① 檀家：亦称“檀越”，是归属于某固定寺院，向寺院施舍财物的信徒，与中文“施主”类似。

是继承了她爸爸的缺点吧，长大后变得大大咧咧的。我和丸目之间是这样的关系，所以虽说他在工作方面是我的老前辈，可是我对他从不用敬语，总觉得那样很别扭。

“倒也算不上什么急事，只是希望能尽快解决。”

“啊？”

“最好在消失之前，能让你看一下。”

“消失？谁？什么东西？怎么时间地点人物都被省略了。”

“别啰唆了，一起去看看吧！我边走边跟你说。”

“等一下，你是不是又给我找了件‘学雷锋’的事？够了够了，快饶了我吧。”

丸目和阿律完全无视我的唉声叹气，迈着欢快的步伐——阿律的步伐看起来应该不能算欢快吧，朝寺町方向走去。

谷中灵园①中有一条被大家叫作樱花通的路，路两边种着樱花树。这条路是灵园的中心大道，路的尽头是气派的天王寺。其实这条樱花通原本是天王寺里的参拜通道，就连整

---

① 谷中灵园是一个独立墓园，也是一个公园化墓园（日语称灵园）。谷中灵园旧称谷中墓地，面积约 10 万平方米，墓穴 7000 座。由于有许多日本名人葬于此处，并且 4 月园中的樱花大道两旁樱花盛开，因而成为日本 6 日旅游路线观光景点。葬于此处的名人包括德川幕府第 15 代将军德川庆喜、日本前首相鸠山一郎和日本植物学之父牧野富太郎等。

个谷中灵园都曾经是天王寺的一部分。这条樱花通在樱花盛开的时候，游客熙熙攘攘，很是热闹。不过平时却鲜有路人。现在偶然能遇见几个扫墓或遛狗的人，非常祥和安静。路两边的樱花树已经披上了浓浓的绿色新装，在五月晴朗的天空下，发出鲜绿欲滴的光泽。灰喜鹊、金背鸠欢快地在空中飞舞盘旋，枝头传来阵阵清脆悦耳的鸟啼声。

这样的好天气其实最适合悠闲散步，可是丸目搞得我完全放松不下来。他晃动着那庞大滚圆的身体，快步前行，很快便带着我们穿过了樱花通，来到天王寺东侧的一个住宅小区。

几栋老居民楼和几家带独立小院的住宅挤在小区的一角，四周是密密麻麻的树木，还有寺庙所辖的墓地。小区的北侧因为紧挨着铁道，轰隆隆的电车声几乎从未间断过。

在门牌写着“樱花庄”的一栋破旧木质居民楼旁边，有一家老房子改建的小小画廊，外观很时尚，门口挂着“丽香画廊”的招牌。丸目走到招牌前停下脚步，说：“你快看，就是这里，你瞧你瞧。”

丸目手指着一个玻璃展示橱窗，橱窗的玻璃上画着一个大大的黄色快乐笑脸。此时路对面树丛的绿叶正好映在窗户上，看起来就像枝头挂着一个笑脸。绿色和黄色形成强烈的对比，格外醒目。

丸目拉开店门对着里面喊了一声，一个民族风情装扮的年轻女子走了出来——她就是画廊的主人丽香，她主要营销印尼巴厘岛的绘画作品以及亚洲的工艺品。

我刚做了自我介绍，阿律就开始他的老一套："噢？堂下，躺……"没等他说完，我赶紧上前捂住了他的嘴。

"什么？怎么了？"

我急忙解释说："您别介意，没什么。"丽香也不深究，用手指着橱窗说："你快瞧瞧，是不是太过分了?！这个。"她的手指做了艳丽的美甲，她看着我，不高兴地说："气死了，这是哪个坏蛋在我窗子上喷的油漆呀！"

"喷绘罐就丢在这里了，"丸目补充道，"对了，昨晚夜店通的钟表店也被涂鸦了，你听说了吧？"

我点点头。

"听说那个涂鸦犯被警察追赶，跑进了灵园。刚才警察已经来过了，看到那个喷绘罐，还说和犯人用的那个是一样的呢。唉，警察要是当时直接抓住了罪犯，这里也不至于被涂鸦了。真是废物警察！"

哎呀妈呀，丸目找我来该不会是想要告警察吧？

"现在就看法男和阿律你们俩的了。你们要是比警察早一步抓到犯人，在界隈这一片就名声大振了，将来一定有很多人来找你们打官司呢。"

听他的话音，大概是想让我们去找出犯人吧。

唉，没办法呀，谁让咱是律师呢？律师经常不得不做一些侦探的事。当然，这些活儿也是让我们义务劳动的，没有报酬。

"法男呀，这可是机会哦。"

"啊，说什么呢？这是机会？"

"是堂下法男律师你扬名立万的绝好时机哦。"

到这会儿，我才终于明白丸目打的小算盘了。我这是完全被他利用了呀。

丽香这个姑娘说起话来很有当下潮女的范儿。她安安静静不开口的时候，又是一位颇有异国风情的、身材苗条的迷人女子。我明白了，丸目又动了他那歪心思了——他口口声声说的是要帮我，实际上，他只是看上了这个美丽的女子，他每次一见美女就走不动道。

顺便交代一下，丸目现在没有老婆。他老婆因妊娠中毒症①，生小咲时就死了。那之后，丸目一直没有再娶，守着他的独生女儿过到今天。听起来他这个爸爸当得简直太伟大了。其实，他是充分利用自己的境遇，变不利为有利，尽情和女人谈情说爱，是一个彻彻底底的好色大叔。

丸目既然发话了，我也没办法拒绝，只好凑近橱窗，开始仔细观察用喷绘涂料画的黄色笑脸。

图案非常简单：一个大大的圆，纵向细长的眼，弓形向上翘的嘴。圆的最顶端大概和我的头顶平行，此处的线是一截一截断开的。粗略看来，这就是一个很一般的涂鸦，没有任何引人注目的特殊之处。

为了慎重起见，我和阿律开始分头在画廊周边查找

① 怀孕期间部分女性会出现身体水肿、蛋白尿及高血压等状况，如果不及时治疗进而会出现抽搐、昏迷等严重症状，这就是俗称的妊娠中毒。

线索。

我这边几乎要趴在地上找了，路面不用说，就连小水沟、垃圾台以及附近邻居家的庭院都细细查看了一遍，希望能发现什么犯人落下的东西，找到线索。可是，没想到阿律却在一旁悠闲地抬头看着天空中飞翔的小鸟，眺望附近的住宅和公寓楼，一丁点儿干劲儿都没有。

我走到阿律身边，小声提醒他："至少你装装样子也行。说不定将来她会是我们的新客户呢。"

阿律完全没有理会我的话，继续抬头看着画廊旁边那栋破旧的公寓楼。

顺着阿律的视线望去，我看到楼上一户人家脏兮兮的窗帘被风刮得伸出了窗外，啪哒啪哒直响。房间的玻璃窗破了一扇，用报纸糊着。房间外面的阳台上挂着一个小小的鲤鱼旗，旗杆顶端的风车在春风的吹拂下欢快地转动着。

"咱家原来也总这样，过完节了，鲤鱼旗还一直挂着。"我想起小时候的情景，说了一句。

那时，父母还健在，我们家每年都会在二楼的阳台上挂一个小小的鲤鱼旗。阿律就喜欢看鲤鱼旗，永远看不厌。因为阿律不让摘，我家的鲤鱼旗一般要挂到梅雨开始之前。妈妈每次都要对阿律说，要是被雨淋了鲤鱼也会感冒的，阿律才同意收起鲤鱼旗。当时，这已是我家的惯例。

昔日一去不复返，好怀念那时的家，房屋虽然不大，可是一家四口住着正合适。

阿律恐怕也正沉浸在过去的回忆之中吧。

我悄悄地从阿律身边离开，又去找了一会儿线索。结果当然是两手空空，一点儿收获都没有。想来也在情理之中——警察已经搜查过了，我现在当然找不到什么了。

“怎么样，找到点什么了吗?”正和丽香聊得起劲的丸目转过头，满怀期待地看着我问道。

我叹了一口气，摇摇头。

“是吗？太遗憾了。”他嘴上这么说，可脸上看不出一丝遗憾之意，反倒是美女当前，满面春风，“没找到也没关系，只要你们接手了，就没什么问题了。”

也不知有何根据，他就敢这么说。

“这两个孩子，真心可靠，”丸目对着丽香拍胸脯担保道，“很快就能找到罪犯的，还可以美美地索取一笔赔偿金。”

“只是涂鸦而已，也谈不上多大损失。”

“说什么呢?!这可是很严重的物品损坏罪哦，对吧，阿律？咦，阿律人呢?”

这时，只见阿律正从那栋破旧的公寓楼的楼梯下来。

“怎么样？是不是有什么线索了?”

阿律又同手同脚像机器人那样迈着机械生硬的步伐走了过来，脸上没有任何表情地说道：“真正的发现之旅，非发现新景观，而是有新目光。”

“又开始说名言了。这是谁说的话呢?”

“法国作家，马塞尔·普鲁斯特①。”

“这孩子的脑瓜里塞满了各种名言警句呢。”

“哇啊，太棒了！”丽香用花痴的眼神看着阿律，嗲嗲地说。好像她挺中意长得又帅又博学、总是一副冷面孔的阿律。即便刚才阿律走路是顺拐的。

阿律完全没有理会这些，说道：“依据刑法第二百六十一条，对他人物品损毁或损坏，构成物品损坏罪，须服三年以下徒刑或处以三十万日元以下的罚款。”

丽香“哎呀”惊叹了一声。这时，她的手机响了，手机的铃声是充满南国风情的民族打击乐。丽香把手机贴在耳朵上，认真听着对方讲话。突然她失声喊道：“什么？抓到了？真的吗？”

哦，看来忙活了半天，全是无用功。

丽香接完电话，告诉我们说刚才是警察打来的。警察已经把犯罪嫌疑人带回警察局准备审问，犯罪嫌疑人是个年轻人。“听说那个年轻人在一个地方漫无目的地转来转去，毛衫口袋里揣着的彩喷罐，引起了警察的怀疑。押他上警车时，好像那家伙还反抗了。警察说嫌疑犯个子有一米九左右，押他上警车时，头被撞了三回呢。”丽香豪爽地大笑起来，然后对我们调皮地吐吐舌头，“真不好意思，害你们特意跑来一趟。”

① 马塞尔·普鲁斯特(MARCEL PROUST，1871—1922)是20世纪法国最伟大的小说家之一，意识流文学的先驱与大师。

“还道什么歉呀？”丸目用满不在意的口吻说道，“这都是佛祖保佑。干脆我们顺便把这个涂鸦帮你弄干净吧。”

“啊，不用了，不用了。谢谢你，小和尚。”丽香很夸张地使劲摆着手。

小和尚?！她叫丸目小和尚？

“怎么这么见外呢，客气个什么嘛。这哥俩可能干了。这点涂鸦，随便就搞定了。对吧，法男？”

什么？我和阿律什么时候弄过这呀？我说丸目，你不会连擦涂鸦这样的活儿也想让我和阿律去干吧？我正盘算找个借口脱身呢，没想到阿律直截了当地说：“我们还要去江川家呢，没工夫擦这个。”

多么简单明了的一句话呀！平时觉得弟弟阿律这样直来直去的性格很给我添麻烦，可此时我却非常羡慕他能这样。

不过话说回来，为什么我们现在需要去江川家呢？

“江川家？你们不是刚去过吗？”

丸目有点敌意地问了一句。可是阿律好像没听见一样，对我说“哥，咱走吧”，便径直离开了。

“那，我们有事先告辞了，不好意思哦。”

我丈二和尚摸不着头脑，糊里糊涂地对丸目他们行礼告辞后，跟在阿律后面走了。

“刚才您说过，你儿子的班上转来了一个爱发脾气的学生，对吧？”

我们刚进江川家门，阿律就开问了。没有任何铺陈，突然这样发问，搞得明美有点蒙。我也有点不清楚状况。

“告诉我那个转校生的名字和住址吧。”

“你为什么想知道这些呢?”

“拯救始于迈出的第一步，紧跟着的又一步。就这样，一步一步周而复始，永不驻足。”

“你说什么?”明美困惑地问道。

“安东尼·德·圣·埃克苏佩里，《小王子》的作者说过的话。”

阿律直愣愣地回答了之后，又特别没有礼貌地说：“行了，别啰唆了，快告诉我吧!”

我一时也没搞明白是怎么回事，“不好意思，这家伙没礼貌，说话也不讲究。不过，他和我不一样，说的事一般都没错。现在他一定是着急了，拜托您了，就告诉我们吧。”

明美来来回回看了我和阿律几次之后，终于点头答应了。

“那孩子叫猪狩信治，”明美接着说，“现在个人信息管理得很严，具体住址我也不知道，好像住在天王寺附近，嗯，听说是一个叫什么樱花庄的公寓。”

樱花庄？不就是刚才那个画廊旁边的公寓楼吗？

阿律听完什么都没说，转身就要走。

“哎，我说你，怎么连一声谢谢也不知道说。”

阿律转回头来，可是他并没有道谢，只说了一句“江川琴江没得痴呆症”，便快步走了出去。

明美惊得眼睛瞪得老大，问道：“你说什么？怎么回事呀?”我当然也什么都不明白，一脸无奈和困惑。

“等我搞清楚之后，一定第一时间来跟您说明。抱歉，打扰了。”

我对着明美认认真真地鞠躬告辞之后，去追赶阿律。

“喂，阿律，等等我!”

别看阿律走路跟机器人似的四肢很僵硬，可是快走起来还真是挺快，我一路小跑才总算追上了他。

“怎么突然问起那个转校生的事了?”

阿律一脸不耐烦地瞥了我一眼，什么也没说，脚下却是更快了。

“喂，你到底知道了什么？快告诉我呀。”

阿律突然停下了脚步。我一时没反应过来，步伐又太快，想停没停好差点摔倒。看到我的狼狈样，豆腐铺前卧着的那只野猫好像嘲笑我似的，喵呜叫了一声。我赶快找回平衡，刚转过身体，就听阿律说：“应该授人以思考之术，而非思考之果。”

“唉……”我叹了口气。

“德国作曲家古利特的话。”

我生气地瞪着阿律：“别啰唆，赶快把你的推理告诉我!”

“我要吃草莓大福，三个。”

阿律一直很喜欢草莓大福。“怎么还是要草莓大福呀?”

“嗯。”

“要三个?”

“嗯。”

我啧了一声，无奈地说道：“好吧，真拿你没办法。”

阿律嘴角微微向上翘了一下，又开始往寺町方向继续快步前行。我和阿律并排走着，听阿律给我解释。他的语速飞快，使我不得不凝神细听。

回到刚才的那家画廊前，看到丽香正和丸目说说笑笑地擦着涂鸦的彩漆。丸目满脸困惑，用迷茫的眼神看着我们，竟然都忘了叫我们帮忙干活——当然，也可能是因为他好不容易找到一个和丽香打得火热的机会，不承想被我们给搅了。

阿律完全没看到他们似的，径直走向樱花庄公寓楼。我匆忙对着他俩轻轻点了点头，跟着阿律从樱花庄外面的楼梯往楼上走去。

猪狩家的门牌是一张手写的纸。门旁边的窗户紧闭着，透出一丝灯光。

对了，我想起来了，好像刚才阿律自己从这个楼梯上来过。

“你这个家伙，刚才是不是已经上来确认过这户人家了？”

“对呀。”

阿律没怎么当回事儿地随便答了一句，就上前按响了门铃，接着开始用手拍门。

“哎哎，瞧你，怎么能这么砸门呢？”

这时，门里传来开锁的声音，门打开了一条小缝，一个金发女人探出头。

“谁呀？什么事？”

这个女人二十多岁的模样，花里胡哨的粉色运动衫起满了毛球，看起来有点像小混混。这种类型的人，我最应付不来。

“你是猪狩信治的妈妈吧？”阿律丝毫没有迟疑，开门见山地问道。

“那又怎么了？”

她皱着眉，狠狠地瞪着阿律，看起来像是个咄咄逼人的狠角色。不过，也许因为脸色很难看，再加上两个大大的黑眼圈，她的眼神并没有让人觉得有多可怕。就在这时，她突然眩晕似的整个人晃了一下。

“哎呀，你不要紧吧？”我急忙问了一句。

“当然要紧啦，没看人家正躺着吗？”她说着狠狠地又瞪我一眼。

“真是很抱歉，”我低下头说，“有关信治的事想和您谈谈，不巧您身体不适，不好意思，我们只占用您一点儿时间，可以吗？”

“不行！”

“非常重要的事，只要十分钟，不，五分钟也行。拜托了！”

“你谁呀？”

我赶紧递上名片，做了一下自我介绍。阿律又准备开始他那老一套的耍宝，被我死死地按住了。

信治的妈妈盯着我的名片看了好久，又盯着我的脸看了半天，从头到脚扫视了一遍。等看够了，她这才开口说话：“信治怎么了？”

我一时不知该怎么说好：“麻烦，能让我们进屋说吗？”

信治的妈妈叹了一口气：“也不知你们要干什么，算了，那就进来吧。不过，只有五分钟哦。”

我们跟着她走进了房内。

厨房只有三张榻榻米大小，和式的房间是六张榻榻米的，也很小。厨房的地上随便扔着几个垃圾袋，里面塞满了便利店的空饭盒。地上铺着的被褥也没有收起来，枕头边上堆了好多漫画杂志。房间里很零乱，连个学习用的桌子都没有，玻璃破了的窗户上用胶带糊着报纸。

这就是刚才从公寓楼外面往上看时，阳台上挂着鲤鱼旗的那个房间。

过儿童节还记着要给孩子挂鲤鱼旗，应该不会是什么坏妈妈吧。

信治妈妈对我们说：“随便找个地方坐吧。”说罢自己径直盘腿坐到铺着的被褥上。我规规矩矩地正坐在榻榻米上，阿律则席地抱膝坐下。

“说吧，是什么重要的事？”信治妈妈挠了挠乱蓬蓬、烫过很久已经快直了的金发，不耐烦地催问道。

“听说，信治大半夜经常在外面不回家。”

我刚说了一句，她就不耐烦地嚷了一声，说：“那又怎么了？犯法吗？”

“那样的话，会被警察带走盘问的。更重要的是，一个小学三年级的孩子，半夜在外面是很危险的。”

“讲什么大道理，烦不烦。”

“不是，不是要说什么大道理。”

这时，阿律突然插嘴问道：“昨晚信治也出去了？”

信治妈妈看着阿律，没事人似的回答：“嗯，出去了呀。”

“几点？”

“每天半夜两点多出去。”她又很无所谓地说了一句。

“半夜两点多？每晚？”我吃惊地高声问道。

一个十岁大小的孩子，每晚半夜两点独自外出闲逛，简直不敢相信。不知这家孩子过的是什么样的日子呀。固然，孩子有孩子的问题，可是放任不管的家长也真够呛。对孩子放任不管，也是一种虐待儿童的行为，她不知道吗？唉，果真不是称职的父母。

越想越生气，我愤愤地瞪着这个身穿粉红运动衫的金发女人：“让孩子每晚半夜出去，太不像话了。你不管吗？就放任孩子这样？再说，睡眠对孩子的成长有多重要，你不知道吗？”

“还是这些大道理，超级烦人。”

真想狠狠教训教训她。我强压着怒火问道：“您丈夫也不管吗？”

信治妈妈把瞪着我的视线挪向窗户那边，用很无所谓的口吻说：“早死了，四年前。”

刚才因为太生气，说话有点过火。听她这么一说，突然觉得很不好意思，我赶紧赔礼道歉：“抱歉，不好意思。”

“是交通事故。”她就那样一直望着窗户，好像能穿透窗户看到外面似的，一动不动，“当时信治就在副驾驶的座位上，他喝了酒开车，那个傻子，醉醺醺的，撞到电线杆上了。”

她轻咬薄唇，沉默了片刻之后又开口说道：“驾驶座被撞得不成样子了，他当场就死了。可是信治只是轻微的擦伤。这孩子真是命大。有一段时间他一直不肯说话，晚上做噩梦乱哭乱叫，又开始尿床了。我也狂躁焦虑得很，有时还把火发到孩子头上。我这个妈当得差劲透了，是吧？那个时候，是孩子最受打击、最痛苦的时候……”

信治妈妈伸手从枕边的纸巾盒里抽了一张纸，擤了擤鼻涕。

“他挣不了多少钱，却整天爱喝酒，爱泡酒吧，还和酒吧女搞上了。脾气特别暴躁，一发火就动手打人，是个很差劲的男人。不过，他却很得意自己的儿子信治，总是‘我儿子、我儿子’的挂在嘴边，去哪儿都带着儿子，也经常把孩子带去那个女人的店，真是傻透了。发生事故那天，就是他去那个店里喝完酒，回家的时候……”

擤了一把鼻涕之后，信治的妈妈继续说：“没受什么罪一下就死了，他本人倒是没什么，可想想信治吧。被人救出来之前，这孩子一直和死去的、浑身是血的爸爸待在一起呀。”

她用手掌搓着额头，很疲惫地垂下了头。

“真是太抱歉了。我完全不知情，害得你想起这些伤心事。”

听我这么说，她耷拉着脑袋，摇了摇头说：“我想躺一下行吗？”

“您别客气，躺下吧。”

信治妈妈手放在额头上，仰卧在被子上。

“不好意思，您身体不舒服，还硬要拉着您说这些。”

“没事，我反正也闲着，正想找个人说话呢。只是，大道理就算了。”

“不说了，不说了。”

“那就行。”她很干脆地说。

“您哪儿不舒服？”

“我也不知道。”

“不知道？没去医院看看？”

“没那个闲钱。”

“那怎么能行呢！”我急得差点要站起来。

“你给我交看病的钱？”

“哎呀，这个……”

“逗你玩呢。逗你呢。”信治妈妈努力地想挤出点笑容。

“说说你的病状吧。”

“只要一动就觉得头昏，整天晕乎乎的。头嗡嗡响着疼，不能久站。搬到这里已经两个月了，一直在家出不了门。钱都快见底儿了……快烦死了。”她叹了一口气说。

“我给你出钱看病，去医院看看吧。”我说。

她很疑惑地看着我：“你不会是在打什么歪主意吧？”

“没有，绝对没有，不可能有。真的，不管怎样，这一点我保证……”

“行了，行了。”信治妈妈不耐烦地说，“不用那么强调。”她有点生气地噘着嘴：“说吧，来找我要说什么事？”

“啊？我还没说吗？”

“嗯。也许吧，也可能是我没听到。”

我赶紧把画廊橱窗上涂鸦的事说了一遍。

“你想说是我家孩子画的？”信治妈妈坐了起来，瞪着我，问道。

“我只是来确认一下的。信治妈妈，你有没有听孩子说什么？”

“我怎么可能知道。别乱讲话。”

“我说，阿姨呀！”阿律冒冒失失插嘴说话，可刚一张嘴，就被信治妈妈打断了。她的眉头拧成了麻花，转眼看向阿律，吼道：“再敢叫我阿姨，踹死你！”

阿律却完全不在意，没理会她，继续说：“窗户上贴着报纸，是因为玻璃碎了吗？”

“啊，那又怎么了？”

“怎么打碎的？”

“你问怎么打碎的？还不是因为一只小鸟撞的呗。突然，咚的一声撞了上来，当时把我吓坏了，真不敢相信。”

我问道："那是什么时候的事呀？"

"三天前吧。上个礼拜天。"

"当时，信治也在吗？"

"嗯，在呀。他从阳台上把小鸟捡回来，一直抱在怀里抚摸着。"

"死了？"

"两三个小时后才死。信治像个傻子一样哇哇大哭，对着小鸟不停地喊'你动一下，你动一下'。过了好久，他才终于放弃了，抱着死去的小鸟，去灵园那里埋了。"

信治妈妈说着深深地叹了一口气，问："这有什么问题吗？"

还没等我开口，阿律就说："行动不一定带得来幸福，可不行动肯定没有幸福。"

信治妈妈一脸蒙圈儿地看着阿律。

"这是本杰明·迪斯雷利的话，十九世纪英国的政治家。"

"我，脑子不灵光，你能说明白点吗？"

"所以说呀，"阿律有点急了，"他那是想救小鸟呢。"

我正准备给她解释一下，只听大门一响，传来一位少年的声音："我回来了。"

之前，听说这是个脾气很暴躁的孩子，脑子里就想象他大概会是《机器猫》里胖虎的模样。没想到，真正的猪狩信治瘦得像个豆芽菜，是个怕生内向腼腆的孩子。

今天学校老师研修，所以四点就放学了。我直接向信治询问了橱窗上涂鸦的事，没想到他立刻垂下眼帘，轻轻点了一下头，马上道歉说了声“对不起”。

他说，晚上出去时，看到路上扔着一个彩色喷罐，就拾了起来，一时兴起随手涂抹了一下。信治妈妈听了，很失望地摇了摇头，抬手就要打他。

“信治妈妈!”

听到我这一声喊，她举起的手慢慢放了下来，却不知该往哪里搁，表情有些不自然。这时，下意识缩成了一团用手护着头的信治看到妈妈无力地放下了手，才松了一口气，也把手放回到腿上，规规矩矩地坐好。

“我是该打。”信治怯怯地嘟囔道，“我是个懦弱、胆小、爱耍小聪明的窝囊废。”

“你胡说什么呢!”我说，“要是这样就该挨揍的话，那全世界的人都得挨你妈妈的打了，也包括我在内。”

信治疑惑地看着我，我肯定地点了点头。他使劲咬着嘴唇，又低下了头。

“暴力是懦弱的一种表现形式，”阿律平静地说，“这是多米尼克·罗歇托，法国国家足球队前选手说过的话。”

信治妈妈瞥了一眼阿律，整个人泄了劲儿似的瘫软下来，双手也耷拉了下来。

“那个，信治呀，”我问道，“你为什么每天晚上半夜要到外面去呢?”

信治的手紧紧攥成拳头放在腿上，眼睛向下看着自己的手，使劲咬着嘴唇一言不发。信治妈妈也默默地开始用手揪着运动衫上的毛球往下拽。大家一下子陷入了沉默。最后，还是阿律打破了这个尴尬的气氛。“哦，我明白了，”阿律小声说，“便利店的盒饭。”

“啊？什么意思？”

“厨房的垃圾袋里塞了好多便利店的空饭盒。”阿律看着我说。

阿律直直盯住我，意思是要让我自己思考谜底。

行了行了，突然让人猜什么谜呀！知道的话，直接说出来不就得了嘛。每次都弄这个，真真是招人讨厌的家伙。

“快点呀，哥！”

“再等、等一下就好。”

我飞速地转动着大脑。现在三个人的视线都集中在我这里，我感到了巨大的压力。自尊心强又好面子的我，拼命地思索着。终于用两分钟的时间找到了答案。

“噢哦，原来是这么回事呀。”我激动得声音都变了。

“刚才说钱都快用完了，那样的话一般都会自己做饭吃，最多是买一些方便面之类的。便利店的盒饭再便宜也得五百日元上下，两人一顿饭就要花一千日元。你们应该不会在吃饭上面花这么多钱。所以，这些盒饭不是买的，是从便利店要的，是过了保质期的。信治每天半夜两点多外出，就是为了这个。对吧？没错吧？”

听完我的分析，阿律嘴角微微上扬了一下。信治还是那样低着头，信治妈妈不好意思地点了点头。

“是信治的主意，”信治妈妈突然开口说，“可以从便利店要来这些盒饭，饭钱就能省出来了。孩子告诉我说，那家便利店里有个胖胖的戴眼镜的店员，头发蓬蓬地扎个马尾辫，是这个店员帮着跟店长说好的。具体怎么说的，我不太清楚。这孩子每晚出去都是为了拿盒饭。”

信治低着头，放在腿上的拳头攥得更紧了。这孩子紧攥的不是拳头，是他内心压抑着的情感。这一幕深深刺痛了我。

“这么小的一个孩子，就不得不盘算这些。真是让人难受，”信治妈妈仰起头，擤了一下鼻涕，“太不像话了！我不是说信治哦，我是说我自己呢。当妈的，就应该能养活自己的孩子。都怪我。”

还不到十岁的信治，为了能弄到不要钱的盒饭，每天半夜两点都不睡，他该有多困、有多饿呀！这个小小的信治，多么辛苦、多么受煎熬呀！他每天就这样紧紧攥着拳头，硬挺着，不让别人看到自己弱小的一面。内心背负着目睹父亲死亡的心理创伤，为生存苦苦挣扎着。

“老公死后，为了能给信治多攒点钱，我白天在工厂，晚上去酒吧，拼命地工作。”信治妈妈一边摸着微微有些发黄了的床单，一边说，“到去年为止，我一直把信治托管在学童保育所，所以也没能攒下多少钱。但总还能应付得过来。没想到，我白天打工的工厂倒闭了。后来，我在这附近找到了活儿，就搬了过来。没想到刚搬到这里，身体就成了这个样子。”

“真不知道怎么搞得。”信治妈妈自言自语地念叨着，又吸了吸鼻子。

“在寒冷中颤抖的人，才能感受到阳光的温暖。”阿律说，“走出人生困境的人，方知生命的宝贵。”

信治和妈妈同时抬头看着阿律。

“这是美国诗人沃尔特·惠特曼①说的。”

画廊的丽香是个性格爽快的人，她听说了这件事情的前因后果，就笑呵呵地原谅了信治。不仅如此，她得知信治妈妈——对了，信治妈妈的名字叫沙智子——有眩晕症之后，还专门给她演示了几个缓解头晕的瑜伽动作，还手把手地热心教她。丽香和沙智子好像很对脾气，两人一见如故。

我和阿律先离开了画廊，再次前往江川寝具店。

来来回回好几趟，这一天还真是忙碌。问题是，忙来忙去一分钱不挣，全是义务劳动……

现在已经过了中午，谷中银座商业街上人来人往热闹起来，猫儿们的眼睛也开始亮晶晶闪烁着光芒。阵阵炸肉饼的香气扑面而来，我的肚子咕地叫了一声。

“哥，我饿了。”

① 沃尔特·惠特曼（WALT WHITMAN，1819 年 5 月 31 日—1892 年 3 月 26 日），出生于纽约州长岛，美国著名诗人、人文主义者，创造了诗歌的自由体，其代表作品是诗集《草叶集》。

阿律好像也是被炸肉饼的香味勾起了食欲。

“咱们先去江川家，完了再吃饭吧。好不？”

“那吃完饭，还要给我买三个草莓大福哦。”

是呀，差点忘了这茬儿了。看来我们不光是义务劳动，还得倒贴钱，完全赤字运营！

“知道啦。”我很无奈地点头答应了。

“那现在能先给我买个炸肉饼吗？”

“别得寸进尺哦。”

“便利店的盒饭，是我提醒你的吧？江川琴江的事，也是我告诉你的哦。”

“我去！”我懊恼得骂了一句脏话，“好，知道了，晓得了，明白了！”

阿律嘴角微微上翘了一下，加快了脚步。这点要求得到满足就开心成这样，让我说什么好呢。二十多岁的大人，有谁会为一个炸肉饼手舞足蹈？

真拿他没办法，我也只好加快脚步跟上。等走到江川家时，我已经上气不接下气了。最近一直没怎么运动，我也是奔三的人了，这以后要怎么办？我调整了一下呼吸，笑着和明美打招呼。明美把我们让进客厅，要给我们去泡茶。我拉住了，直接和她说起了正事。

“就是刚才我弟弟说的那件事。”

“说我婆婆不是痴呆症的那个？”

“是。”我说，“前提是，我弟弟推理正确的话。”

“什么推理？”

我看向外廊，用手指了指挂在门框上的干花。

“那里挂着的干花，是从院子里摘的吊钟花晒干做的吧？”

“对，是呀。”

“然后你又把干花磨成粉，让你婆婆喝了，对吧？”

“你怎么知道的？”明美对着我们笑了笑，两肘支在桌边，细长的手指交叉握着，“我不是跟你们说了嘛，我婆婆特别讨厌医院。所以，我上网上查……”

“吊钟花的功效，你是不是在哪个网站上看到的？”

明美点了点头。

“吊钟花，作为草药……”我一边回想阿律刚才告诉我的，一边慢慢地讲道，“它含洋地黄①成分，有强心的功效，人们很早就知道用它治疗心律不齐。你了解这些之后，为了心脏不好的婆婆，特意把花晒干碾制成粉末，让婆婆喝。对吧？”

“是呀，网上介绍说要弄成粉末状喝，说药效成分只有叶子上有。所以，我把花晒干后，只取叶子部分用粉碎机打成粉末。想着是中药，比较放心，就早晚让她喝着呢。”

“从什么时候开始让她喝的？”

“大约一个星期之前吧。连续心痛了好几天，很担心，

① 洋地黄：别名毛地黄、毒药草、紫花毛地黄、吊钟花，二年生或多年生草本，全体密被短毛。叶卵形至卵状披针形，边缘具钝齿，有长柄。

所以……”

“你婆婆开始拉肚子呕吐，是在开始喝这个之后吧？”

听了我的追问，明美稍稍思考了一会儿，说：“好像还真是呀。”

“这是洋地黄中毒，”我看着明美的眼睛说，“洋地黄药效虽好，可是毒性也很强。洋地黄中毒的初期症状是食欲不振、腹泻、呕吐。毒素作用于神经系统，就会出现妄想、定向障碍。这些症状和痴呆症很难区别，往往被误认为是痴呆症。”

明美惊得睁大双眼，用手捂住嘴：“天哪，我……以为是药，其实是给婆婆喝了毒药？”

“准确地说，既是药也是毒药。”我说，“这必须是复方药剂才能喝，所以现在医生好像都不太用这个处方了。”

“怎么会这样？！……我……”

明美很紧张的样子，惊得嘴半天合不上，眼神中透着不安。

“你婆婆还喝着补钙的保健药呢吧？”

“对呀，我公公去世后，她瘦了很多，所以担心骨头会不会也变疏松了，就开始喝。”

“血中钙的浓度高的话，洋地黄中毒的症状更容易出现。”

“啊……怎么办呀……我……”

她紧张得声音都有点变调了。

我正想劝解，阿律用很无所谓的口吻说道：“不喝了就没事了。”

“等琴江大婶儿回来了，我会带她去医院的，”我微笑着说，“让医生好好检查一下，不会有事的。别那么自责，你也是因为大婶儿不喜欢去医院，为她好，才让她喝的嘛。”

明美灰心地摇摇头，“我呀，还真是粗心大意，婆婆也经常这样说我。我看到院子里种着吊钟花，想着有用，也没认真调查一下就冒冒失失地……”

“没有过失的人，其实是因为什么也不做。当我们从失败中学到东西时，失败就变得有意义了。”

“这是谁说的？”

“阿尔弗莱德·斯隆，美国通用汽车公司原总裁。”

说完，阿律就转过身去，望着外廊一角放着的盆栽。那是挂着很多小喇叭状绿色花萼的贝壳花。仔细一看，发现盆栽上价钱的标签还挂着没摘。

“那盆贝壳花是谁买的呀？”背朝着我们，阿律问道。

“什么？啊，那是我婆婆买的。”明美说，“四五天前她一个人去买回来的。说她要自己好好栽培，让我们谁都不许动。”

“这花，对琴江大婶儿这么重要呀？”

听到我的询问，明美有点回答不上来，歪着脑袋困惑地说：“我也不清楚，之前，她从来也没种过这个花，问她为什么很重要，她也不告诉我们。”

阿律转过来，看着明美说：“那些看起来像花一样的绿色花萼，到了夏天，花萼中会开出白色的花朵。你知道吗？”

明美摇摇头说："不知道。"

"那，你知道贝壳花的花语吗？"

她又摇了摇头。

"是'永远的感谢'。"

说完，阿律又把脸转回庭院方向。这时，大门那里传来琴江咆哮般的怒吼声："怎么大门也不锁?！真是太不小心了，进了坏人怎么得了！真是受不了！哎，我说，明美呀，这是什么呀？这双脏兮兮的鞋！不是告诉你了吗？别让那些奇奇怪怪的推销员进家！"

当然是脏兮兮的鞋啦，谁让咱是穷律师呢！真是的，到底是因为谁，我们才在这儿义务劳动的呢？唉，算了算了，听声音知道她很精神，我也就放心了。

"医生怎么说？"

姨父把刚冲好的咖啡放到吧台上，向我询问详情。

"说是只要不再喝，就不会有中毒症状了。"

我把脸凑近杯子，细细感受着法兰绒滤网手冲咖啡的芳香。

"不是痴呆症就再好不过了。"小姨说了一句。

"不过，江川家的，肯去医院了？还真是不容易呀，"说完姨父又补了一句，"难为你了。"我看着姨父，深深地叹了一口气道："其实还是因为阿律急了眼，对江川家大婶儿说，你要是再不肯去医院，我就吃不上炸肉饼了！说罢上前拽着大婶儿的胳膊，硬把她拉到医院去的。"

我和小姨、姨父三人都看向阿律，阿律坐在我旁边，表情没有任何变化，嘬着他的咖啡。

“别吸溜吸溜地喝咖啡！”我说。

“太烫了嘛。”他说。

“小屁孩儿。”

“烦人大叔！”

“你说什么？”

“闭上你的老鸹嘴！”

我瞪着阿律说：“你，这是对谁说话呢？”

“行了，你俩快别闹了！怎么永远都长不大呢！”

小姨说着，和姨父相视会心一笑。

“说起来呀，我们阿律还真是很了不起呢，”笑容满面的姨父说，“那个叫什么吊钟花的，就是江川家院子里开的花儿。阿律看到花儿被剪了，又看到檐下挂着干花，然后，发现桌上有补钙的保健药盒，就缜密地推理出来原因了呀。”

“你是因为听了明美说的话，了解了江川家大婶儿的症状，然后就把一切都想明白了，对吧？”小姨问阿律。

“食欲不振、拉肚子、呕吐原本就是洋地黄中毒的初期症状呀。”阿律用平淡的语气说道，“明美说大婶儿找不到卫生间尿了裤子，明明在家却闹着要回家，再加上大婶儿她搞不清日期和时间，就知道她这是定向障碍。虽然定向障碍也是痴呆症的症状之一，可是明美说大婶儿很快就恢复正常了，所以我判断她这是妄想。妄想是一过性①的。被害妄想也是妄想的一种。”

小姨和姨父听了，很佩服地噢了一声。

“那，心脏怎么样呢？”

我回答了小姨的这个问题：“医生让她好好检查一下，也给开了药。以后，就由明美陪着去。”

“江川家大婶儿竟然都答应了？”

“说服她可是费了半天劲儿呢。明美也哭着道歉，说自己虽然不是有意的，可毕竟给婆婆喝了毒药，恳请婆婆无论如何要去医院看看，也请求婆婆允许自己陪着去。”

“这么一来，当然就很难拒绝了。”

小姨这么说，姨父也在一旁点头附和：“原本就怪她自己不肯去医院才弄成这样的，当然得答应喽。”

“害得我也陪着明美一起又是作揖又是恳求。真搞不懂，我为什么要做这些呢，又不赚一分钱。”

我刚发了一句牢骚，姨父就从正面狠狠瞪着我说：“法男，你怎么还不明白呢？钱，固然重要，可是比钱更……”

“比钱更重要的是侠义，对吧？”

“哦，你这不是很明白吗？我跟你说，你可得好好给我记住！轻视侠义的人，狗屎不如。”

“行了，他爸，别说那么粗俗的话。”

① “一过性”是指某一临床症状或体征在短时间内出现一次，往往有明显的诱因。

“臭狗屎只能是臭狗屎，难道还能是别的什么吗？”

小姨扬了扬眉，不耐烦地说：“法男你也是，整天钱呀钱地抱怨个没完，这样的话，就不能算是真心帮助他人了。”

“没用的牢骚以后少发，太不爷们儿了。混到这个年龄，也没个女人。”

又开始了，我心里有些怨烦。

“怎么，你不服气？”

我赶紧使劲地摇了摇头。就在这时，大门一开，小咲走了进来。

小咲是丸目的掌上明珠，就如同我们的家人一般。她当了护士，在离商业街不远的一家小诊所上班。小咲长得眉清目秀，鼻梁挺拔，身高一百七十厘米——基本和我同高，不对，穿了高跟鞋，我还得仰头看她。她身材苗条，凹凸有致。上中学时就是备受这里年轻人仰慕的偶像，前来搭讪讨好的男孩子络绎不绝。怎么看，都从小咲的身上找不到半点胖墩墩圆滚滚的丸目的基因。不知这是不是基因突变，或者……？哎呀哎呀，最好还是不要乱揣测下去了。

漂亮的女孩子往往任性。小咲明明比我小四岁，却自大得不行，每次见我都爱挤对我，还总爱拣我痛处戳。从上学的时候开始，她就这样以自己的美貌为傲，现在也一点儿没变。不仅如此，如今还和护士学校的三个同学结成一个偶像组合，休假的时候就去老人院、秋叶原的商店载歌载舞。只要有空，她还会和诊所的医生免费为流浪汉看病，参加各种志愿者活动。

“哎，我说，阿法呀，你是不是又被迫去义务劳动了？”

她从背后狠狠地拍了我一把，用和她父亲一模一样的关西方言高声笑着说道。

明明生在东京长在东京，小咲却也满口关西腔。

“不管什么事都应承下来，被大家当傻子呼来唤去的，可怎么得了？真是个没用的男人！”

“啰唆，要你管。”我头也没回，怼了她一句。

“你不努力挣钱，猴年马月才有钱娶我呀？”

看看，又开始了吧。她总是这么调戏我。小咲对我而言就像自己的妹妹。小咲自己也从小把我当哥哥，整天“哥哥”“哥哥”地叫着，跟屁虫一样缠着我。现在虽然有点得意忘形的样子，不过小时候还是很可爱的。

“哎，你发什么呆呢？有没有在听我说话？”

“听着呢，听着呢。”

“再不好好赚钱，我可不等了哦。求着要娶我的男人望也望不到头，快把我烦死了。”

“小咲总是这么快活，真好。”小姨开心地说。

“小咲一来，咱房子都变亮堂了呢。”

“哪里有呀，姨父，一丁丁点儿都没有！”

小咲大大咧咧地直接挨着我坐在了长条沙发上。紧身的牛仔裤让她美丽的大长腿显得更加修长，贴身的T恤衫清晰地勾勒出她丰满的曲线。可是这并不能引起我的什么兴趣——小咲穿开裆裤的时候我就认识她了。尿了床哭闹时我还哄过她，还经常背着她哄她睡觉，在我跟前，她穿成什么样都完全没用。最重要的是，我太了解她的臭脾气了……这个世上的男人们，就容易被好看的外表蒙蔽，喜欢拜倒在石榴裙下，真是一群傻得不能再傻的大傻瓜！

“叔叔也给我冲杯咖啡吧，要最最好喝的哦。”

说完，小咲又转过去把身子探出去，看着坐在我对面的阿律说：“阿律呀，听说咱们的名侦探又破了案，好厉害哦。”

“什么破案呀，太夸张了。”我不屑地哼了一声。小咲也即刻哼地回敬了我一下，说：“我们阿律可是和某些什么用也没、前途渺茫的‘大’律师不一样哦。”

“你说什么?!”

“怎么，不服气?”

“行了，你们两个，”小姨拿我们没办法，苦笑了一下，说，“见面就掐，能不能不要再假装讨厌对方了？不然的话，说不定哪一天两人真就不好了哦。”

等等，等等，我们俩原本就不好呀。

“对了对了，说到名侦探呀，”姨父一边往法兰绒滤网中倒水冲泡着咖啡，一边用悠闲的口吻问道，“那个涂鸦事件，你是怎么发现橱窗上的画儿是小孩子画的?”

姨父说这话时，卧在阿律脚下的老猫胖太喵地叫了一声。阿律一如既往地慢慢从长条沙发上下来，抱起胖太，捋着猫背上的毛，用很快的语速说了起来。

“首先，这里画的涂鸦和其他地方的不一样。第二，画的画儿也是极普通的，是谁都能画得了的笑脸。第三，圆圈最顶端的高度和哥哥的头顶平行，也就是170厘米高吧，而且顶端的线是断断续续的。最重要的就是第三点，之所以线是断断续续的，我想应该是这个高度，犯人的手够不到，所以才出现了不连贯的现象。那么，犯人应该是伸长胳膊也够不到170厘米的人。也就是说，犯人的身高大约是130厘米左右。据二〇一二年学校保健统计调查的数据，小学三年级男生的平均身高是128.2厘米，四年级是133.6厘米。所以，我想应该就是这个年龄段的孩子。虽说大人中也有个子极低的人，不过，在界限这一带从未见过有这样的人。"

"你怎么连那样的调查统计数据也知道呀?"我很震惊地问道。

"没事的时候，上网浏览无意间看到的。"

如此惊人的记忆力！哪怕是百分之一也好，能分一点儿给我就好了。

"然后呢?"

"快讲，快讲呀，我好想听哦!"小咲说着把身体又趴到吧台上。

阿律依然老样子说道："然后，我就想到江川明美说的那个转校生了。"他继续说："她不是说了那孩子大半夜的在外面游荡吗？这个年龄段晚上外出闲逛的孩子，应该是很少的。所以，就推测说不定是他了。"

"可是，阿律呀，"小姨紧锁眉头不解地问道，"在这之前，你不是就上去确认过那家人的门牌了吗？为什么你一开始就锁定了那家人呢?"

阿律正准备回答，有位客人起身拿着账单说："老板，买单。"

"等会儿！没看见正说到关键处吗？"姨父瞪了客人一眼，呵斥道。那位看起来像公司职员的客人一时惊得目瞪口呆，蔫不出溜地坐了回去。姨父不满地啧了一声，发牢骚说："什么呀，没一点儿眼力见儿。"

哎，哎，是不是搞颠倒了呀？！就这态度，竟然还能把生意做到今天！

阿律完全没有注意到这些，捋着胖太背上的毛继续说："路对面的树不是正好映在那家画廊的橱窗上了嘛。"

是呀，橱窗上画的那个黄色的笑脸和映照在玻璃上绿树的影子合在一起，看起来就像绿叶丛中露出一张笑脸一样。

"于是，我抬头看了一下天空，碰巧有只灰喜鹊或斑鸠一样的小鸟从头顶飞过。"

小姨和姨父同时困惑不解地歪了一下脑袋，问道："我说阿律呀，这又是怎么回事呀？"

阿律看着姨父问："你知道飞鸟撞机吗？"

姨父和小姨又同时摇了摇头。毕竟是一起生活多年的夫妇，同步的概率越来越高了。

阿律很无奈地叹了一口气，开始解释说："就是飞鸟撞击飞机的事故。小鸟把映在窗户上的景色和天空错当成了实物，根本意识不到玻璃的存在，会直接撞上去。为此，有专门防范飞鸟的措施。比如说即便是图片，看到凶猛的禽类动物小鸟都会感到害怕。利用这个特点，人们会在窗户上贴上老鹰、秃鹫之类的图片。所以，当时我就想会不会有可能这个涂鸦，也是为了防飞鸟撞击呢？于是，我环视周围人家的窗户，果然发现那栋公寓楼二楼有个房间的窗户上糊着报纸，阳台上还挂着鲤鱼旗。”

“阿律，就凭这些蛛丝马迹，你就推测出是那家孩子画的？”

面对小咲的感慨，阿律完全没有任何反应，继续说道：“我想，一般心地善良的孩子看到飞鸟撞到自家窗户上死了，会很伤心。如果他再看到映着树影的橱窗，一定会觉得那个橱窗对小鸟来说很危险。我就想起江川明美讲的那个转校生了。那孩子因为没有父母管教疼爱，很可怜。一般这种孤独可怜的孩子，往往因为叛逆才做出一些出格粗暴的事，其实这种孩子的内心是很善良的。”

哎呀，我说阿律呀，你竟然能如此洞察人心，为什么不反省一下自己的言行呢？

“所以，”姨父说，“你就又去了一趟江川家，去确认那孩子的姓名和住址了？”

阿律点了点头。

“真服了你，这臭小子。”姨父说。

“果然是天才呀，我们阿律。”小姨也补了一句。

“同胞兄弟，怎么就差这么远呢。”小咲挤对我说。

好，好，归根结底，无非是想说我平庸，是个没出息的穷律师呗。

姨父好像把那个想结账离开的客人忘到九霄云外了吧。

这样真的不要紧吗？

“也就是说，那孩子其实不是故意搞破坏，”姨父问道，“其实那是善良的一种表现？哎呀，搞得我眼泪都要出来了。”

我转过来看着姨父说：“还不止这些呢！”

“不止这些？法男，还有什么事吗？”

“那孩子，四年前因交通事故，死了父亲。”

我把信治妈妈沙智子告诉我的，一五一十地讲了一遍。小姨夫妇还有小咲听完都表情凝重。

“一定是这样的，”小姨很痛心地开口说道，“那孩子看到小鸟撞到窗户上，一定是想起他父亲撞到电线杆上的那一幕了。也就是那个叫……重叠效应之类的，是吧？”

我点点头说：“失去父亲的悲痛、没能施救的自责，都通过这个方式表现了出来。”

“说得是呀，”姨父感同身受地说，“这种后悔自责是抹不掉的，一辈子也抹不掉。况且，他还只是一个不到十岁的孩子，独自背负这些，实在是太过沉重了。”

“不行了，我要哭出来了。”小咲说。

“那个姨父呀，”我插嘴说道，“我和画廊的丽香商量了一下，有一个倡议，不知您愿不愿帮个忙？”

“哦，什么忙？我猫山猛，岂能是那袖手旁观之辈？”

姨父立即情绪激昂，铿锵有力起来。我最受不了这个了。

“说吧，别客气，尽管开口。”

“不过，咱说这事之前，能不能先把那边客人的账给人家结了？”我把脸看向桌子那边。

“哎呀呀，糟糕，我都给忘了，”姨父急急忙忙从吧台里探出身子，不好意思地搓着手，用乖巧的无比讨好的口吻对客人说，“不好意思，让您久等了。我给您送一张优惠券吧。”

这下我明白了，为什么光顾咖啡馆的永远只有老顾客了。

啊，白衣天使
大家仰慕的南丁格尔……

以小咲为中心组建的三人偶像组合正在载歌载舞。我们现在谷中东小学的图画室，今天这里聚集了好多孩子和家长，远比预期的人多很多，所以本来就狭小的教室显得更加拥挤。再加上还要给这三个人高马大的女人留出足够蹦蹦跳跳的空间，我们这些观众只能紧紧贴着墙站着，拥挤的程度和上下班高峰期热线电车山手线不相上下。

自称偶像组合的小咲三人完全不介意这些，挥洒着青春的活力，绽放着炫目的笑颜，舞动着，歌唱着。

白衣天使虽然辛苦，可是今晚也要加油
没有时间休息，也要坚持，也要忍耐
注射器，瞄准你的心脏

车就在便利店前的停车场
所以，我求求你
为我今夜的不在场做证
不要拒绝
不要禁止我的泊车
再见
再见
我们为明天赞歌 哈利路亚……

这都是些什么歌词呀？顺便交代一句，这是小咲作的词，是她很自豪地告诉我的。写出这样的歌词，还得意扬扬，脑回路是什么构造呀，我真真真难以理解。

再顺便说一句——其实，这和我也没关系——小咲率领的三人组合的名字是“美丽看护”。穿的表演服装是护士服风格的白色紧身连衣裙，脖子上挂着听诊器，手里拿着一个巨大的注射针管。据说那些喜欢被女人虐的男人对女人这样的装扮毫无抵抗力，心会瞬间被她们俘虏……不过，我身上没有一丝丝男人的特质，所以这样的装束没有引起我丝毫的兴趣，阿律，当然就更不用说了。不仅没有一丁点儿男人的好色，而且还总是冷冷的、酷酷的样子，我想他看到这种傻乎乎的蹦蹦跳跳，一定觉得无聊死了吧……哎，哎，怎么回事？阿律怎么还在一旁打着拍子，看得那叫一个开心。环顾四周，孩子们、家长们，甚至连小学校长、自治会的会长老爷爷都看得不亦乐乎！这是着了什么魔了，这个街区的人们!

终于，十分钟左右的舞台表演结束了，“美丽”组合退了场，大家开始把桌椅重新摆好坐下。首先是校长讲话，接着是自治会会长致辞，说了几句对举办此次活动感到很骄傲很自豪之类的话，最后是区议会议员老生常谈，说了一大堆讨好家长的话，他的讲话永远是一个稿子，在很多地方都听过。最后，大家终于开始进入今天的主题——手工制作防飞鸟撞击的贴纸。

画纸在桌面上铺开，房间里充满了大人孩子的欢声笑语。有人对着鹰的照片一笔一画认真描着，有人画的鸟形状特异，怎么看都不像鸟。大家按各自的想法先画出自创的图案，剪切出来，再涂上鲜艳的颜色，制作出五彩缤纷的贴纸。

猪狩信治显得格外兴奋，不停地和江川研人打闹着，一会儿拍一下他的肩，一会儿打一下他的背，打完就赶紧跑开躲起来。信治妈妈沙智子在一旁强压怒火，默默地看了一会儿。终于，她忍不住了，开始大声呵斥信治：“你怎么能打完人就逃跑呢?!胆小鬼！给我过来！不许逃跑，信治!”这位金发妈妈当年也是在社会上闯荡过的小混混，说起话来果然硬派霸气。也许是练瑜伽见效了吧，她的头昏好像已无大碍，看到她怒叱欢笑很精神的样子，我也就放心了。

刚开始沙智子不太愿意，我百般劝说后，她终于同意申请最低生活保障，申请手续都是我代理的。现在申请已经获得批准，她也开始去医院接受治疗，精神压力没有了，身体自然也好了起来。

虽然信治在一旁打闹着，研人却一心专注于设计自己的图案。琴江大婶儿和明美就在研人旁边。大婶儿依旧不停地埋怨着明美，明美也笑着和她顶着嘴，两人之间相处得很和睦很开心。

那件事之后，琴江大婶儿曾私下告诉我说，她看到明美为了她种草药，真的被感动了。不过，她不愿承认她知道贝壳花的花语。也行吧，端点婆婆的架子，也是能理解的。

丽香也一丝不苟很投入地制作着贴纸，就和她本人一样，丽香设计的图案充满南国情调，浪漫奔放，艺术感极强。丸目寸步不离地伴在丽香身旁，恨不得贴到丽香身上似的。我嘲笑他画的图案完全看不出是鸟，也看不出像什么。丸目替自己开脱道："你傻了吧，这叫现代艺术，不懂就别乱说。"

小姨夫妇也是有商有量开心地做着。我真想上前问他们一句：你们这样说关门就关门，真的不要紧吗？

不过，多亏了人脉宽广的小姨夫妇，这次活动才顺顺当当地举办成了。因此，我不该有什么抱怨。

换掉演出服的三人组合也加入制作贴纸的队伍中，整个房间变得更热闹了。一片喧闹之中，阿律独自一人静立窗边，仰望着五月晴朗耀目的天空。我走近阿律身边，搭话说："我们也一起去做贴纸吧。"

"哥。"他仰望着蓝天，叫了我一声。

"怎么了？"

“这样一来，一定可以拯救很多生命了，对吧?”

“啊，那是一定的。”我点头答道，“拯救始于迈出的第一步，紧接着的又一步。就这样，一步一步周而复始，永不驻足。我们第二次去江川家时，你说的，对吧?”

“嗯。”

那时，其实阿律已经清楚了涂鸦的真相，所以才说了这一段话。此时，我才深深体会到了这一点。

“明年，咱们大家还要一起做这个贴纸哦。”

“后年也一起做。”

“好，然后大后年，大大后年。”

“希望是世间最好的东西，希望永不消逝。”

“这又是谁的名言呢?”

“是《肖申克的救赎》这部电影中的话。”

“你真是个聪明的家伙。”

“走吧，哥，咱们也去做吧。”

阿律像个孩子似的拉着我的手，离开了窗边。

第二章　有腰疾的前科犯

我想再摁一次门铃，但突然迟疑了。

说来真是丢人，我实在是没有勇气再和门里面的那个“吊梢眼”对视了。

弟弟阿律使劲闻了闻，平静地说：“尸臭味。”

我吃惊地望着阿律：“你说什么？”

“所谓尸臭，是蛋白质腐坏时，其中的硫黄成分浓度升高——”

我一把抓住阿律的胳膊，拼命顺着楼梯狂奔下来。

这次这个活儿还是丸目介绍给我的——丸目不时会介绍客人给我。他这样做，基本上是出于热心。每次合同签了，我就请他去夜总会玩作为答谢。这规矩是什么时候形成的，连我自己也说不清。总之，我们一直在默默地为上野娱乐街的繁荣贡献着绵薄之力。

“金钱漫步于世间，却总是绕过我而去，让我苦恼让我忧。”这是俄国作家屠格涅夫说过的话，是阿律告诉我的。

这次丸目介绍给我的客人，是上野界隈的一栋公寓楼的楼主。他的一位租客不愿退房，委托我们想办法解决。因为好久没有接手打官司的活儿了，一大早我就情绪高涨，跃跃欲试。

“你等的人是不是来了？”

听到姨父这么说，坐在吧台前的丸目转身向门口看去。

走进咖啡馆的是一位着装考究的优雅绅士。

丸目举起手对着这位绅士招呼道：“啊，铃木先生，这边，这边。”之后他又转回头看着姨父说：“那个，老猛兄弟，不好意思哦，劳驾你把咖啡端到事务所那边去吧。”丸目把我和阿律介绍给了铃木先生，然后快步朝通往事务所的门走去。

铃木先生大约四十岁，持重稳健。他身上穿着传统的夏季西装，配着一条棉麻质地的裤子，时尚优雅。

“哦，原来隔着这扇门，店面是相通的呀。”铃木先生一边用手帕拭去额头的汗水，一边惊讶于我们事务所“独特”的设计。

“事务所原本就是这个咖啡馆的一部分，”我脸上堆满了推销员式的微笑，“我们为咖啡馆的客人提供免费律师咨询服务。”

“原来如此，这个想法很好呀。”

铃木先生说起话来从容有礼。我引领着铃木先生往律师事务所走，身后姨父和小姨微笑着目送我们，打出必胜的手势为我们加油。

很快，我们来到事务所开始商谈。

“其他人都退了房，就剩一户了，无论如何不肯退。”

铃木先生用手指轻轻敲着沙发扶手，满脸无奈。

“您是要重新盖楼吗？”

“是呀，那已经是五十多年的老旧公寓楼了，是两栋连建的。房子基本都没租出去，一直在赔钱。另外，房子的抗震性也不行了，很危险。所以打算两栋都推倒重建，准备盖一栋五层的高级公寓。”

铃木先生目前除了这两栋老旧的公寓楼之外，还有两栋低层的高级公寓楼，一个是长期租赁式停车场，一个是投币式临时停车场。整个租赁业务经营状况良好。

“这两栋老旧公寓楼是我父亲盖的，他一直反对推倒重建。去年，父亲去世了，我这才决定新建楼房。可万万没想到，又出现一个比我父亲还要倔强的家伙。”

这个不肯让步的租客是一位六十多岁的男人，已经在这里住了十年。据说他已没有什么亲人了。之前他一直在一个物流仓库工作，一个月前因为腰不好才辞去工作，现在无业在家。

“他有没有迟缴房租？”

“到目前为止还没有。”铃木先生说。

可惜了，如果没有及时缴纳房租，就可以以此为由强行要求其退房，我心想。“那么，到目前为止，他有没有出现过别的什么问题?”

铃木先生摇了摇头:“他住了十年,没有出现过任何不遵守规定的行为。”说完这句话,铃木先生端起杯子喝了一口手冲咖啡,“啊,这咖啡真不错。”他的表情一时恢复了平和,但很快又满面愁容。

“他人长得凶巴巴的,阴沉沉的,怎么说呢,有种很不好亲近的感觉。可是,他从未拖欠过房租,平时说话也很谦恭有礼。所以我一直都是很放心地把房子租给他。”

“那最近他是突然变卦了吗?”

铃木先生面露不悦,点了点头。

“一年前我就通知租户不再续签合同,退房最后期限是上个月月末。发通告时,他也马上回答说知道了,答应得好好的。没想到上个月合同到期了,他却突然说不愿搬走。我非常意外,刚发了一句牢骚,他就狠狠地瞪着我。说起来真觉得惭愧,他那恶狠狠的眼神把我吓得瑟瑟发抖。看起来他就像‘那种人’,没错,一定是‘那种人’。”

难道对方是黑社会的人?果然听丸目的就没什么好事。刚才还干劲十足的我,心里打了退堂鼓。旁边坐着的阿律依旧一副面无表情的老样子——他似乎完全不会把这些事放在心上。

“那个人腰痛辞去工作,也是在上个月,对吧?”我继续问道,“腰痛不能干活,又上了年纪,他是不是有些担心经济问题,所以想讹点退房补偿?”

“不是的。之前我也这么想来着,”铃木先生稍稍探出身子说，“其他租户都已退房搬走了，我也不想为此推迟工期，所以主动提出可以考虑多给一点儿补偿。”

“多给些补偿，具体怎么讲？”

“搬家费我全额负担，还可以帮他介绍新的住处，签约时所需的保证金、礼金我也可以出——这是打着灯笼也找不到的优厚条件呀。可是他依然不答应。还说除非他死了，否则无论如何也不会搬出去。”

我沉吟思索时，丸目插嘴说道：“也许其中有什么隐情吧。”

“比如说什么呢？”铃木先生看向丸目。

“这个嘛……找到真相，这正是律师的工作呀。您面前这二位可是这个领域的专家，交给他们，您就放一百个心吧。”

喂喂，谁是什么专家？之前从未受理过交涉退租事宜的事呀。丸目这张大嘴真是什么都敢说。父亲当年能和这样的人合作真是太不容易了。

“那太好了，这下我心里有着落了。”

铃木先生信以为真，脸上露出了释然的微笑。

丸目示意阿律赶快拿来委任合同。铃木先生接过合同书，爽快地签字盖章，一桩买卖就这样顺利签下了。

“静候佳音哦。”

在铃木先生的注视下，我当然也是满脸笑容，脱口而出，答应道：“您就放心交给我们吧。”

我这什么鬼性格啊，完全不遵照主人的本心说话啊。再不改，以后一定会自找苦吃的……

谷中台地西侧崖边有条缓坡叫萤坂，沿着萤坂爬到台地最高处，放眼望去，整个千驮木街区尽收眼底。我和阿律不由得驻足眺望欣赏了好一会儿。之后，我们继续前进，下了坡，拐个弯，眼前出现一条通往上野方向去的小路。顺着路边观音寺的围墙再往前走，就来到一片板式民房区。这里的楼房是二战前修建的木质板房，我们要找的那栋“鹤龟庄”公寓楼就在其中。

“鹤龟庄”公寓楼紧挨着一座真言宗①的古寺，楼后是家保育院。孩子们的喧闹声越过公寓楼传来，久久地回荡在马路的上空。

阿律迈着奇异的步伐走到保育院的栅栏前蹲了下来。我正纳闷他要干什么，发现他身边卧着一只小黑猫——猫儿没戴项圈，看来是只野猫。阿律走近它，抚摸它，猫儿竟然一动不动地待在原地，好像阿律能读懂猫儿心思似的。这时，我才突然意识到，原来阿律这样奇怪的走姿是在学猫步——猫从容缓步行走时好像也是这样的。

阿律捋着猫儿，我抬头看向庭院，保育院里孩子们正在开心地嬉戏玩耍。这么热的天，他们也不怕热，精神头儿真是令我羡慕。要是能把他们这份劲头儿分些给我就好了。

---

① 真言宗，日本佛教主要宗派之一，密宗的一种，空海法师在唐求法，回国后以东寺为道场弘法，故称东密。

孩子们当中有几个好像突然想起什么事似的，不时地回过头朝庭院一角的花坛方向张望。那里是一片盛开的向日葵，花儿们肩并肩地挤在一起，好像在比谁的个头高。向日葵黄色圆盘式的花朵不畏阳光的炫目，齐刷刷地朝着公寓楼的方向，悠然自得地绽放着笑脸。

这次我们要交涉退房事宜的那栋公寓楼，就在向日葵笑脸所指之处。

我掏出手帕不停地擦着脖颈的汗，从远处观察那栋公寓楼。公寓楼是两栋连在一起的，只有左侧那栋二楼顶头临街的房间有扇窗户开着一条小缝。

看到这种设计，我顿时觉得沉重起来。原来闯荡过黑社会的姨父这次有点不放心我们，说要陪我们一起来。可我当时逞强装好汉一口回绝了。现在想想，要是我当时没拒绝该多好呀。我越想越后悔，越后悔越泄气。

“妈妈总是过了五点才来接我。”阿律突然说了这么一句。

我看着阿律问：“你是说上保育院的时候？”

“妈妈身上总是有股玫瑰的香味。”

阿律竟然连妈妈的味道还记着，我太意外了。说起来也是，我记得妈妈总是爱用玫瑰味的香水。十五年前妈妈去世时，我十三岁，阿律还只有五岁。

“哥哥，你也经常一起来接我。”摸着黑猫拱起的背，阿律说道。

“啊，是呀，是呀。”

“哥哥总是故意把自行车骑得拧麻花似的，我害怕了，你就大笑。”

我无奈地苦笑了一下说：“怎么连这些鸡毛蒜皮的小事都记着呀。”

我催促阿律该走了。他立即起身不再捋猫，对着猫儿挥了挥手。猫儿迷茫地抬头看了一眼阿律，然后喵地叫了一声，便优哉游哉地沿着栅栏走了。

听到保育院院里孩子们嬉戏打闹的欢笑声，阿律把视线转向那些正在游戏器械上玩耍的孩子。

“你也可以去和他们一起玩哦。”我开玩笑地说。阿律一本正经地答道：“很多东西都可以找到替代，只有勤奋无以取代。这是加拿大的实业家金斯利·沃德说的。”

“对呀，的确如此。好了，咱们走吧。”我说。

“用眼睛说服不了人，当然用嘴也不能。”

“什么？”

“这是奥地利剧作家格里巴尔泽说的。”

阿律一定是察觉到我的不安了。这家伙有非常敏锐的洞察力。

我们从木质公寓楼外部的楼梯爬上去，走到 204 号房间前，大门上很多地方的漆都剥落了。我在门口踌躇了片刻，鼓起勇气按响了门铃。

门里的人应该不会直接挥舞着刀棒冲出来吧。等会儿，也许会呢？也不是没有可能性。等等，不会有事的吧？想到这儿，我恨不得立即转身逃跑。我强压恐惧站在门外等着，只听门咯吱咯吱发出笨重的声音，被拉开一条缝。芳香剂刺鼻的气味顷刻泄出，我不由得后退了几步。不过，令我退后的不是这气味，而是透过门缝漏出的那张脸。也许是因为驼背，也许是他故意的，他那双吊梢眼向上翻着，露出的眼白比眼珠多，目光如炬，杀气四溢。晒得黑黑的脸庞上满是皱纹，还有一道陈年的疤痕——从额头到脸颊的老疤，简直就是漫画《海贼王》中幕后大佬的翻版。

听说他也就六十几岁，可头发已经很稀疏了。他身上，开襟的白色贴身汗衫泛着黄，还有几处污渍。腰上裹着保暖的围腰，下半身是一条宽大过膝的短裤。脖子挂着好多葫芦做的护身符。怎么看，都像黑道上的人。

“您就是荒木铁藏先生吧？”我挤出笑脸。

他一声也不吭，就那样一直凶巴巴地瞪着我。

喂、喂，你好歹眨一下眼也行呀，我顺着脊梁骨开始冒冷汗。

“那个，今天我们找您要谈的事，想必您已经听房东说了吧。我是律师，叫堂下法男。”

“堂下，躺下？”阿律在一旁面无表情地来了这么一句。

他又开始了。拜托，能不能别再搞这套无味的诙谐了。我脸都吓白了。荒木把刀锋似的犀利的目光转向阿律。

“那个，那个，这是我的秘书，叫堂下律。”

“堂下，躺……”

这次阿律说到一半，就被我急急地捂住了嘴。

荒木开了口：“你们到底想怎样？”

看得出来，他不耐烦了。

“没别的，那个，其实我们就是希望能找到让您满意的方法，能顺利地请您从这里搬出去。”

“我绝不会搬走的。你们回吧。”

“不管怎么说……”

“天皇老子来，我都不搬。”

说着他就要关门。我赶紧用手挡住说：“请您听我解释。”

荒木怒气冲冲地盯着我说：“你，能干掉我？”

“什么？”

“我问，你能杀了我？”

“这，这怎么可能呀。”

“那，你就死心吧。”

门被狠狠地撞上了。还好我反应快，迅速抽回了手，不然手指非得弄个粉碎性骨折。

“跌倒算不得失败，畏惧不前才是真正的失败。”

我已经被吓得木头人似的呆立在那里，身旁的阿律却平静得连眉毛都没动一下。“这是女明星玛丽·碧克馥说的话，她被人们称作美国甜心，是无声电影时代的大明星。”他说。

我沮丧地盯着紧闭的大门。

败下阵来，怎么可能说振作就能振作得起来。

阿律一个劲儿地吸着鼻子在闻气味说：“这是空气清新剂的味道。”

“什么？”

“还混杂了玫瑰香型的除臭剂。空气清新剂的气味压过了放在玄关的除臭剂。也就是说，他在打开房门之前，先在屋内喷了大量的空气清新剂。”

的确，荒木打开门的瞬间，芳香剂的气味一泄而出。就像阿律说的那样，他应该是在屋里喷了很多空气清新剂。所以呢？真不明白阿律到底想说什么。

“可能哦，”我愁眉苦脸，有点不耐烦地说，“虽然他人长成那样，可说不定是个喜欢干净的人呢？”

“可他身上的衣服明明很脏。”

阿律这么一说，我也想起他穿的汗衫，的确看起来不怎么干净。算了，算了，反正这些和眼前的事也没什么关系。

“汗衫的胸前有酱油的污渍，腋下都是汗渍。”阿律继续说。

我完全不想理会阿律这些无关紧要的推理。因为害怕，我一直在犹豫，迟迟不敢再按一次门铃。我真是没用呀！我实在没有胆量再和这个吊睛男对视了。

阿律又抽动了几下鼻子，平静地说：“气味中应该还有尸臭味。”

我惊悚地看着阿律：“你说什么？”

“所谓尸臭，是蛋白质腐坏时，其中的硫黄成分浓度升高——”

我二话不说抓起阿律的胳膊，拽着他就从楼梯上奔了下来。

“这就把你们吓尿了？就跑回来了？”姨父一边做着法兰

绒滤网手冲咖啡，一边失望地说道。

“怎么又这样说孩子，你呀。”小姨把脸一沉，往吧台上摆放着咖啡杯，“法男他自有他的考虑。对吧，法男？”

我似笑非笑地看着小姨，没说话，屁股却因内心的不安在长条沙发上蹭来蹭去。阿律坐在我身边，正用逗猫棒和那只棕色的虎斑猫阿吉玩。

“要是我的话，就直接冲进去找出臭味的源头。”姨父说。

“律师可不能这样呀。”我手肘撑在吧台上说。

“就你能，”小姨不高兴地噘着嘴说，“又没证据证明人家犯了法，你不懂就别在这里瞎说。”

“这不是明摆着呢嘛，”姨父很不屑地说道，“他在房间里杀了人，可是腰痛，没法把尸体运出去。再说了，就算他想搬，也得有地儿搬呀，不是吗？这么热的天，再怎么开空调，尸体还是会腐烂的。因此，他又用空气清新剂来遮味道。应该就是这样的。”

“对了，他是不是因为那个呀，”小姨说着把身子从吧台对面探了过来，“就是，电视上总播的骗取养老金的那种人？父母去世了，为了继续领取养老金，就把尸首隐匿起来不上报。有可能吧？”

“他一直是一个人生活。而且，听说他也没什么亲戚。”

“也许他是瞒着房东偷偷和父母住在一起的呢？”

也不能排除这种可能性。

“那我回头再查查吧。”我回答道。

“哎，阿律，”姨父一边从咖啡壶里把冲好的咖啡往杯子里倒，一边把视线转向阿律问，“你说闻到尸臭，不会搞错吧?”

“他爸，你又不是不知道咱阿律的鼻子有多灵。”

“可毕竟这是件大事，”姨父忧心忡忡地继续说道，“总之，这次揽下了一件麻烦活儿呀。”

“丸目给介绍的嘛。”我叹着气，喝了一口咖啡。

“那个胖狸猫，也不知道拉些好活儿，”姨父点头说，“小咲这孩子守着这么个老爸过日子，也真不容易。这丫头，真是长出息了。”

那个任性的丫头，哪算得上出息了？只要长得好看，就什么都能加分。说来说去，这个世界还是一个看脸的世界。唉，我要是能长得像阿律那么帅，现在都不知……不行不行，又差点开始无谓的幻想了。

“想要寻求安稳之道，”阿律突然开口说，“就好比为了要换上不知疼痛的假肢，就锯断自己的手脚。”

“这又是谁说的名言?”姨父问。

“亨利·米勒，那个写《北回归线》的美国作家。”

“我说，还是报警比较稳妥吧!”小姨很担心的样子。

“无凭无据警察不会管的，”我摇了摇头，“搞不好，还会被别人告咱们损害名誉。那样一来，交涉就全泡汤了。”

“从房东那里借来钥匙，偷偷进去看看怎么样?”姨父不过大脑地说了一句。

“那就成非法进入私人领地了。”

“胆小鬼，说的就是你。”

根本不是这个问题好吧。

“法男呀，你打算怎么办呢?”小姨问。

“先查一查这个房客的情况吧。”

越过吧台，姨父犀利的目光投射过来。

“事儿可不等人哦。”

“知道，知道。”

“我这边也找以前的朋友打听打听，”姨父压低嗓音，贴近我说，“如果和黑社会有牵连，棘手弄不了的话，要马上来找我哦。我帮你搞定。”

遇到事情时，姨父比平常任何时候都显得强大可信赖。不过，当律师的我怎么能仰仗这些呢。

“不用了。姨父您的好意我心领了。”嘴上逞强这么说，心里却满是忐忑不安。

赖在鹤龟庄不肯搬走的荒木铁藏，在上野的一家物流仓库干了很多年。我和阿律为了摸清荒木的情况，去了一趟那个仓库。

听接待我们的那位职员说，荒木在这里干了十年。刚好他搬到鹤龟庄也是十年前。也许他就是为了住得离工作单位近，才搬来的吧。

荒木具体做的工作是分拣。传送带上的货物五花八门，有大米、电脑、家具、水壶、信件、自行车、食品等，他要将这些源源不断传送过来的东西分拣出来，再搬运到卡车上去。这个工作中间不能间断，每天都要连续干八小时，是一份连棒小伙也吃不消的非常辛苦的体力活。

因此，六十多岁的荒木腰不好也是必然的。更重要的是，六十多岁的人还能每天干如此重的体力活，已经让人不得不咂舌惊叹了。

听他的那位同事说，荒木平时不爱说话，也没什么要好的同事，每天只是默默地埋头干活，从未和谁发生过冲突，工作中也没出过什么错。

“辞职之前大约一个月的时候，他说身体不好，开始断断续续地请了几次假，最后大约连休了一周。我们以为他终于病好了来上班了，没想到他却提出辞职不干了。”那个职员一边说着，一边把他那中年发福的身体四仰八叉地倚在沙发上，点着了一支烟。

“怎么没有给他换个岗，比如调到办公室之类的?”

“他不是这里的正式职员。”那人爱答不理地补了一句。

“这十年他一直在这里打零工?”

“原本我们就是雇他做零工的。”他说着，吐了一口烟。

“有他填写的履历书吗?”

“也许公司总部的人事处有吧。”

“这样呀。那您知道他之前在什么地方工作过吗?”

那个职员支支吾吾，有些犹豫：“这个呀，我不知道能不能说。”

“任何信息对我们都很重要，”我隔着桌子欠身行礼，恳请道，“请务必告知，拜托您了。”

“是呀，你们说他现在闹着不愿退房，可能多少也有些关联吧。”

职员好像是暗自下决心似的，使劲点了几下头，说：“其实呀，他在来这里之前，一直在监狱里关着呢。”

虽说从荒木的装扮和言行已猜出几分了，可得到证实后，我心里还是沉了一下。

“您知道是因为什么罪服的刑吗？”

“这个嘛，”那职员沉默了好久，压低声音说，“……是杀人罪哦。”

果然！他的回答是我最最不想听到的。阿律闻到的尸臭，果然是真的呀。

“那个人呀，年轻时曾经是黑社会的呢。面试时，他主动脱了衬衣，给我们看了背上的刺青呢。”

这宗官司，我是弄不了了。我可斗不过黑社会的杀人犯呀。既没那个本事，也没那个胆量。我，不过是一个渺小得不能再渺小的小老百姓呀。

“具体因为什么杀了人，我就不清楚了。不过，好像服了很多年的刑。放出来后，就来我们这里了。”

原本以为就是一个单纯的退房纠纷。唉，我真为自己的背运懊恼。

“有前科的人，虽然我们这里也雇用，但是，当时决定是否录用他时，还是很犹豫的。”

那个职员好像要获得我们的理解似的笑着补充道：“不过，他主动地坦白了所有的事，我们觉得还是很好的。而且，他为了重新做人，进收容所接受了专门的培训指导，一直认认真真地找工作。工作也确实不好找，他说自己很发愁，所以我们就决定雇他来打零工了。我们这里也缺人手，没办法呀。刚开始的时候，大家的神经还是绷得很紧的。但看到他认真工作的样子，平日里也很老实，慢慢地大家就放松了警惕。”

“他有没有和同事发生过什么争执？”

“没有没有。”那职员头摇得跟拨浪鼓似的。

“那有没有惹大家烦，或者是他很讨厌谁？”

那职员苦笑道：“没有，他既不招人厌，也不讨人喜欢。”

“也就是说，他一直被孤立着？”

“应该说，是荒木他自己希望被孤立。大家都说，他这么大年纪这么努力工作，挺了不起的。所以也有人主动和他搭话，可荒木爱答不理的样子，总躲着大家。慢慢地也就没人和他说话了。”

“孤独是一件厚厚的外套。心，藏在里面已经死了。”

那职员满脸困惑地看着突然开口说话的阿律。

“这是德国作家科本霍依埃尔说的。”

“什么？”

“不好意思，”我赶紧赔笑说道，“您不用理他，请继续讲。”

那职员把最后一小截的香烟用力吸了一口之后，捻灭在烟灰缸里。“也许是觉得自己有前科，比较自卑吧，他从不对人敞开心扉。”那职员叹了口气，继续说道，“我们这里人员背景都比较复杂，所以我们不太介意这些。只要认真工作就行了。”

看样子再也问不出更多的信息了，我准备致谢告辞。没想到屁股刚从椅子上离开，就听那职员突然大声说道：“啊，我想起来了……”

“怎么了？”

“这和我们单位的人没关系哦。也算不上什么争执吧，反正，不是一件什么大事。”

“请您快说说。”我把刚抬起的屁股放回椅子上。

“那应该是荒木辞职的前一天。有位大概五十岁出头的女的来找他——是一位体态丰盈，很优雅的女士。两人在仓库外说话，其间好像还为了什么事发生了争执。”

“争执？”

“他们具体说什么，我没有听见。不过，看那个女的拽着荒木的袖子，荒木很粗暴地把女人的手甩开了。荒木是独身，平时好像也没有女人，所以觉得挺意外的。我只是瞄了那么一眼，也说不太清。但看样子不像为男女之情发生的争执，也觉得和退房之事没有什么关系。”

我拜托那个职员又向其他同事打听了一下，也没人知道更详细的情况了。

离开物流仓库，我和阿律又遍访了从鹤龟庄搬出去的那些房客。那些房客的新住址是从房屋中介那里要来的。

果然和我预期的一样，那些房客没有人和荒木交往过，也不知道他不愿退房的原因。不过，之前和荒木住隔壁的一个老人为我提供了一条非常重要的目击证词。

“我吧，一直拖到最后不得不搬的时候，才搬出来的。那时，整栋楼就只剩我和荒木两人了。像我这样一个独身的老年人，很难找到合适的房子。原来住的那个公寓楼房租又便宜，所以我也不想搬出来。没办法，拖到最后不得不搬时，才收拾行李。记得那是一天晚上，我听见隔壁咚咚的敲门声。之前从没有人来找过荒木，所以有些担心，就打开门看了一下。看到一个五十岁左右的女人，站在荒木的门前，正往信箱里放东西。她看到我，轻轻点头示意之后就走了。”老人说。

“是不是一位体态丰盈，很优雅的女士？”

老人赶紧点头说：“就是，就是。之后我就搬走了，所以只见过一次。不过，那个女人看起来很悲伤的样子。”

应该就是那位和荒木争吵过的女人，又来住的地方找他了。那么，阿律闻到的尸臭该不会是……不会吧，我该怎么办呢？杀人事件的侦破，可不是我们律师的工作呀！

“会不会是情爱纠纷？”

坐在旁边沙发上的姨父一边捋着小黑背上的毛一边说。小黑正弓着身子卧在吧台上喝水。小黑是一只迷路的、误闯进门的小猫，怎么赶它也不走，只好收养了它。这只半岁左右的小猫，如饥似渴地喝着盆子里的水，恨不得连空气也要一并吞进去的样子。喝得太猛，不时被呛到，还会咳嗽几声。看样子它还没怎么学会喝水呢。

“不是经常有嘛，因为分手的事争执起来，把找上门的女人杀了。搞不好就是这种事吧？”

听姨父这么讲，吧台里正洗杯子的小姨抬起头说：“还是别再查这件事了，不知会发生什么呢。”

我万分同意小姨的想法。可是，原来干过黑社会的姨父大声呵斥道：“混账东西！男人一旦应承了，就是拼上性命也得把事干完。这就是道义，是侠气。不讲义气的人，简直猪狗不如。”

“你打算把你这套黑社会的说辞说到什么时候?!”小姨立即回击了一句。

小姨的这句话，我也是十万分地赞同。

被小姨一吼，姨父马上软了下来，嘴里嘟嘟囔囔地念叨着什么，也没人理会他。

“我说法男呀，”小姨很担心地看着我说，“要不然跟房东铃木先生说一下，让他去好好找个律师吧。”

“你说什么呢？难道咱们法男不是好律师？”

“不是这个意思。我是说找个有经验的老牌律师比较放心。”小姨用恳切的目光看着我说，“我这是担心你。你要是出点什么事儿，让我怎么有脸去见九泉之下的姐姐？”

“瞎说什么呢？我呀，不把法男培养成顶天立地的男子汉，才无颜见死去的姐夫正宪呢。他那么关照我，我唯一能报答他的，就是把法男和阿律培养成真正的男人。”

正宪是我十年前去世的父亲。详细情况我不太了解，不过父亲似乎在很多事上帮过姨父。姨父有一句口头禅，现在还整天挂在嘴上，说自己这辈子就算睡觉，都不能把脚丫子朝着父亲墓地的方向。

“你给我听好了，法男。不能临阵脱逃，现在要是退却了，不管是作为一个男人，还是作为一名律师，你都……”

“是个渣子，对吧？”

“对呀，就是这样。现在退却了没有任何好处。我告诉你，那样做就只能是个人渣。你好好想想，那样的人，有脸活在这个世上吗？”

“有脸没脸的，有什么办法，那还不得继续活着……”我心想。

“我说你，怎么说话呢？”到底是小姨厉害，她紧锁眉头，立即替我回击道，“不管是什么样的人，都有活着的权利！”

等一下，这样的回击似乎火力不足呀。

“喂，法男，”姨父从旁凑近过来，狠狠地瞪着我问道，“你是要逃跑呢，还是坚持下去？到底要怎样？给我明明白白说清楚。”

我深深叹了一口气，像个士兵一样回答道：“决不当逃兵！”

“小姨，你担心我，我很感激。不过，就这样中途放弃的话，我恐怕永远都成不了一名好律师。”我对小姨说。

“好，关键时刻才彰显男儿本色。”

“他爸，你给我闭嘴！”

被小姨一凶，姨父又立即软了下来，不好意思地移开视线，用手指挠着小黑的下巴。

小姨叹了一口气，问道："那下来你打算怎么办?"

"先着手准备法律诉讼的东西吧。房东担心打官司会拖得太久，不太愿意起诉。可是，如果无法交涉下去的话，也只能靠法庭裁决了。"

"尸体的事怎么办？这才是最关键的。"

"那件事呀,"我仰头看着天花板想了想说，"扔生活垃圾的时间每周有两次，具体时间我已经从房东那里打听好了。我准备先去翻翻他扔出来的垃圾，看能不能找到点犯罪的证据。"

"吃了那么多苦，好不容易当上律师，还得去干扒垃圾的事，也真是……"小姨蛮不高兴地说。

姨父看着小姨劝道："正宪那时候不也这样吗？别当了律师就端着，那样不好。他那时连下水道都淘过呢。这也没什么。"

"对了，姨父。"

"怎么了?"

"黑社会的人，是不是脖子上都挂着护身符之类的？葫芦护身符有什么特殊意义吗?"

"葫芦？我从没见过黑社会的人戴这种护身符。那时我们一般会在护身符里装一个小木牌，上面写着搏斗必胜、出入平安之类的愿望。"

"可是，我看他戴的是几个小葫芦做的护身符。"

"那个呀，是六葫芦护身符。据说葫芦有治愈疾病的神力。怎么了?"

“那个荒木脖子上挂着的就是一个葫芦护身符。”

“那他应该是祈祷腰痛早点能好吧。”

“也对。”我点点头，起身准备走。这时，姨父用那双又厚又大的手拍了拍我的肩膀。这是一双曾经殴打过很多人的手，如今却温暖着我的心。

“我不会说什么别胡来之类的话。不过，想搞什么动作之前，一定要找我商量哦。记住了吗？”

“不用担心！我——胆小着呢。”

姨父很理解似的点了点头。“给我记住了！你的命比我的贵千百倍。”姨父说着，又用力按了一下我的肩头，把手放了下来。

“千百倍？我怎么觉得是百万倍。”小姨不领情地打趣道。

卧在吧台上的小黑又被水呛得咳了起来。姨父不快地嘁了一声。

今天的猫咖啡馆，依旧平和温馨。

到区役所申请复印了荒木铁藏的住民票，从住民票上登记的情况看，他没有一起生活的家人。因此，骗取养老金这个推论就不成立了。我带着阿律按住民票上写的地址，又去上野看了看荒木搬到鹤龟庄之前住过的地方。果然如物流仓库那个职员所说的那样，他之前是住在一种叫“更生保护施设”的收容所里。所谓更生保护施设，是政府免费为服刑获释的罪犯提供就业指导以及饮食住宿的收容所。一般在收容所里最长只能待六个月，听说近年因工作不好找，越来越多的刑满释放人员延长了被收容的时间。

负责接待我们的收容所所长是一位五十多岁的富态中年女性。我和阿律与所长分坐在食堂里长长的餐桌两边。突然，我心中闪过一个念头——真希望那个被看到的、找荒木的女人就是这位所长。可是，我的猜想被无情地否定了。

所长直截了当地告诉我们："这个收容所人员流动很大，不断有人进来，也不断有人离开。十年之前的人，除非个别当时印象深刻的，基本都记不住了。"

虽然所长不是很热情，可我不想空手而归，结果我不甘心地一再打听追问，把所长搞得更不高兴了。她说："即便我还记得荒木是谁，也不可能随便给你讲。你是律师，这一点你也应该是了解的。"

所长明确地把"厌烦"两字写在了脸上，好像在责问我怎么敢提这么无理的要求。

"能不能请您网开一面？"

"身为律师，不遵守规章制度，算怎么回事？"所长的语气更加严厉了，"我可不会因为你年轻，或因为你是刚从事律师工作就原谅你。"她眉头紧锁，继续说道："主张扩大法律从业人员队伍，就会带来种种弊端呀。律师队伍增加的如果都是像你这样的律师，那么法律界的未来还真是令人担忧啊。"

这话说得也太过直白了。不过，身边若都是像我这样的律师……我自己也不由得后脊梁直冒冷汗。

"怎么？你好像还不服气？"

“没有没有。”我赶紧赔礼道歉。

“不能理解的话，说明你的想法还太天真。”所长叹了一口气，用手扶了扶老花镜，看着我问道，“你说的那个荒木，在物流公司的仓库干活？十年期间一直认认真真地工作？”

我点了点头。

“在收容所待过的人，有不少好不容易找到工作，可没干几天就辞了，然后不知去向。还有很多再次犯罪，又被抓进去的。因此，我们收容所的工作也经常遭受非议，被认为我们的工作是徒劳的。”

所长鼻子上的老花镜滑到鼻尖处了，她扶了扶，说：“我自己也不知道下了多少回决心想辞职不干了。可是，只要看到收容所里面有一个回归社会后认真工作的，我就又想坚持下去。这样的情绪，周而复始，已经不知多少次。进我们收容所的要么是没有亲人，要么是亲戚不愿为他做担保的，当然还有本人不愿和家人联系的……我常常想，没有谁是喜欢成为罪犯才犯罪的。大多数罪犯都是因为成长的家庭有问题。”

“幸福的家庭都是相似的。”突然阿律插了一句，“不幸的家庭各有各的不幸。”

所长困惑不解地看着坐在我身边的阿律。

“这是列夫·托尔斯泰说的——写《战争与和平》《安娜·卡列尼娜》的俄国作家。”

“我弟弟喜欢收集名人名言。”我尴尬地说。

所长饶有兴致地看着阿律。

“盯着人家看什么看!”阿律小声嘟囔了一句。

我吓得赶紧“对不起、对不起”地道歉。

“哎呀，被人瞧，还不好意思呢。”

“才没有,”阿律有点急了，“疼！疼！别盯着我看了!”

“疼?”所长不解地歪着脑袋，“你是说，我的视线让你感到不舒服了?”

阿律好像完全没有听见所长的话，自顾低下了头说：“我从来都是审视别人的人，我不喜欢被别人审视。”

我在桌子下面紧紧握着阿律的手。阿律这才慢慢镇定下来。

“不好意思，这家伙就是嘴硬，其实内心超敏感害羞。”

“他这是不愿被别人窥视到内心呀。他把自己缩在一个厚厚的壳里了,”所长极其平和地说，然后又看着我，“不过，你倒是愿意向人敞开心扉嘛。”

“是呀，毕竟我们是兄弟俩，互补才是常态。”

所长长叹了一口气说：“总而言之，我能说的就这些了。”

“荒木他……”我犹豫了一下，最终还是说了出来，“说不定，他又杀人了。”

所长一时屏住了呼吸，面露惊讶之色。过了一会儿，她才缓缓地舒了口气，坚定地说：“无论有什么理由，我们都不能违规。”

律师事务所里破旧的沙发上，坐着一位虎背熊腰的壮汉，留着半寸长短的小卷发，一脸络腮胡——这是我姨父领来的。他曾经是黑社会暴力团伙的成员，现在经营一家拆迁公司。

他声明自己从未见过荒木本人，不过荒木的事他倒是听别人说过。他说，荒木以前是池袋那一片的暴力团伙成员。战后第二次经济大发展的泡沫经济时代①，他曾参与哄抬房价、催收高利贷之类的事。

“不用说，把女的卖到红灯区、把男的弄到出洋捕鱼的渔船上当苦力的事他肯定是干过的。听说他还把欠债的人强行拉到山里，逼着人家给自己挖坑，然后把土埋过脖子，用活埋人的方法逼债。”壮汉扬了扬他那粗大的眉头笑着说，“其实，听说荒木这家伙，每次去催债之前都偷偷地吸食兴奋剂之类的东西。”

“兴奋剂？”我困惑不解地问道。

“是呀，听说刚开始的时候他要不回来钱，经常挨上面的人揍。追债这活儿，要么生来铁石心肠，要么横下一条心把自己变成恶魔，否则根本干不了。当着人家哇哇大哭的孩子的面，逼人家父母去死，这种事是一般人干得了的吗？”

---

① 日本泡沫经济是日本在20世纪80年代后期到90年代初期出现的一种经济现象。根据不同的经济指标，这段时期的长度有所不同，但一般是指1986年12月到1991年2月之间的4年零3个月的时期。这是日本战后仅次于60年代的第二次经济高速发展时期。这次经济浪潮受到了大量投机活动的干扰，因此随着90年代初泡沫破裂，日本经济出现大倒退，此后进入平成大萧条时期。

我用力摇了摇头。

“听说服用了那种令人兴奋的药，就不太在意人性什么的了。荒木为了追债，靠药来抹杀人性，应该也是相当受煎熬的吧。如今时代不同了，他这种讲道义的人，已经不适合干黑道这行了。不过像他这样明明不合适，却不小心入道的，当年真是多了去了。”壮汉点着一支烟，深吸了一口之后，用吸管吸溜吸溜地大口喝着冰咖啡又继续说道，“听说荒木加入黑道不久就有了个女人，是红灯区干那行的。好像他们还住在了一起，热乎得不行，荒木为了这个女人甚至想要金盆洗手呢。没想到的是，荒木被他自己的小弟插了一杠。他们是同乡，又对脾气，所以荒木一直很照顾这个小弟。他对这个小弟非常好，不仅管他吃喝，还经常帮他擦屁股收拾烂摊子，没少为他的事操心受累。他这个小弟没地方住，荒木就好心收留了他，让他搬进了自己和那个女人一起住的公寓里。嘿嘿……”壮汉停顿了一会儿，从他穿的灯笼裤口袋里掏出一团皱巴巴的面巾纸，“咳——噗”用力吐了一口痰，然后把纸团了团又塞回口袋里。他叼着烟，咧嘴坏笑了一下说：“其实，小弟和自己的女人搞上了，这也是常有的事。两人趁荒木不在时打得火热。一次荒木临时有事回家，不巧撞上了，结果眼前场面彻底把荒木给惹毛了。”

“他杀了小弟？”

那壮汉上下左右狠狠地盯着我看了一会儿，才慢慢把香烟掐灭在烟灰缸里，说：“他连一根手指都没动他小弟一下。”壮汉压低嗓音，用低沉的音调说：“他只说了一句‘给我滚！’荒木不能原谅的是那个女人。”

“然后他就把她给杀了？”

壮汉很无奈地叹了一口气说：“应该吧，他原本也不是想要杀那个女人的。他只是用力地扇了那女人一耳光，没想到女人摔倒时头正好撞到桌角，撞的位置不好，等救护车拉到医院，人就没气了，没救过来。他也是把女人拉到医院后才知道的，那个女的当时已经怀有身孕，都三个月了。”

根本没想杀人的荒木，只是因为一时气恼，打了女人一巴掌，就把自己心爱的女人还有她肚子里的孩子的性命都夺去了啊……

“没想到吧？”壮汉表情凝重地说，“其实，那孩子到底是荒木的还是他小弟的根本说不清。可是，荒木坚信那孩子是自己的，没有一点儿怀疑。服刑期间，他用车床锯锯断了自己的手指，以此明志，退出了暴力团伙。”

出狱之后，荒木为了找工作，到更生保护施设待了一段时间。再之后，默默在物流仓库干了十年。他不愿与任何人亲近，选择了孤独，把自己的心牢牢地关闭起来，如果没有顽强的意志怎么可以做到？

法律之罪，他虽已赎完，可内心他始终无法原谅自己。

像他这样的人，怎么可能再去杀人呢？

“旧借家法第一条第二款规定，建筑物出租方在自己需要使用时或有其他正当理由的情况下，可以拒绝承租方的合同更新要求，有权对承租方提出解约申请。”在前往鹤龟庄的寺町小路上，阿律一边走一边帮我温习着相关法律条文。

刚过凌晨五点，天已经大亮，夏日的朝阳早早地开始烘烤着柏油马路的路面。

“旧借家法第三条第一款规定，出租方必须提前六个月提出解约申请……”

“可以了，阿律。谢谢你。”我说道。

依照法律规定，房主的要求是合法的，我判断胜诉应该没问题。建筑老化是正当的理由，房主在合同期满一年之前就告知租客，做法也完全合乎规定，给荒木的退房补贴等条件，更是无可厚非。但是，谨慎起见，我又特意咨询了一下丸目。结果，他告诉我并非如此。鹤龟庄虽说盖了有五十多年，是一栋破旧的公寓楼，可是并没有老化到必须马上重建的程度。如果房屋的老化不能成为重建的理由，那么修建高级公寓就只能是为了追求更高利润。这样一来，理由的充分度锐减，房东重建的请求有可能被认定缺少必要性。退一步说，即便是获得认可，支付的补偿金也一定会减少。不仅如此，即便官司胜诉了，如果荒木赖着不走，那么还需申请强制执行，事情会变得更复杂。

总之，把打官司作为解决问题的选项之一，绝非想象的那么简单。

真是够让人头疼的了。

现在我终于理解当年父亲为何每天起早贪黑、没日没夜地工作了。没有相当的韧性，还真吃不了律师这碗饭呀。

胡思乱想中，我们已经来到鹤龟庄前。

今天我和阿律是来扒垃圾的，弄完就撤，所以我们一身轻装，头戴棒球帽，七分中裤配T恤衫。

垃圾收集处在公寓楼的正后方和保育院相隔的栅栏处，距公寓楼外的楼梯口很近。

现在还没有扔出来的垃圾。保育院的栅栏上卧着一只猫，就是上一次来时看到的那只黑白两色的猫——它正用前爪拼命地抓挠着防乌鸦叼食垃圾的绿色防护网。仔细一看，垃圾收集处的水泥地面上有一只小老鼠正跑来跑去——原来猫儿在打老鼠的主意呢。猫儿注意到我们的出现，停下来看着我们。阿律准备上前靠近猫儿，被我伸手拦住了。猫儿好像要警告我们似的，狠狠地盯着我们看了一会儿，才把视线收回，望向地面。可这会儿工夫，小老鼠已经不见了踪影。也许是为了表示抗议吧，猫儿喵地叫了一声，跳下围栏，飞快地横穿马路，消失在楼房之间的小路上。

我们找了一个相对隐蔽的地方，注视着垃圾收集处。

隔着电线杆望去，盛开的向日葵正上方就是204号房间的窗户。窗帘拉开着，窗户微微开着一条缝。我盯着窗户仔细观察了好一会儿，什么也没看到。这说明荒木并没有躲在窗户内往外窥视。没过多久，附近的居民开始陆陆续续出来扔垃圾。只要有人走过来，我们就装作碰巧路过这里的样子，过一会儿转个弯再回到原地。

荒木出来扔垃圾，大概是六点刚过的时候。生锈的铁楼梯发出咚咚的声响，让我们知道荒木要出场了。荒木和前几天的装扮一样，还是白汗衫、围腰、宽大过膝的短裤，脖子上挂着葫芦护身符。他弓着腰，几乎是拖着垃圾袋走，可以看出他的腰很疼，疼得都无法直起身。其间他遇到一位附近的大妈也正好出来扔垃圾，可是荒木看都没看人家一眼，更别说和人家打招呼了。

等荒木慢慢挪回到房间之后，我们确认四周没人，便把荒木扔出来的垃圾拿了回来。

一进事务所，我们立即把垃圾倒出来，老猫胖太寻着味儿想过来，我赶紧把中间隔断的门关上了。

胖太过不来，在门的那边喵喵地叫个不停。叫了一阵子，看我不理它，绝望地走了。

我们开始逐一检查散落在地上的垃圾：生活垃圾、团成一团的面巾纸、便利店盒饭的容器、便利店收据、超市收据、牛肉干的袋子、方便面的袋子、比萨外卖的宣传单、香烟盒、小鱼干的袋子、煎茶的袋子、纳豆盒、破袜子、煮过的麦茶包、医院的就诊卡、三个牛奶盒子……

“牛奶盒子是可回收的资源类垃圾，”阿律说，“不应该放进可燃烧垃圾里的。”

阿律对垃圾分类是很认真的。我应付地答应了一声，把塑料做的医院就诊卡拣了出来，拿在手上——那是东京医科大学医院的就诊卡。到大学附属医院接受腰痛治疗，看来症状已经相当严重了。从刚才荒木走路时疼痛难忍的样子，可以知道目前他的症状并没好转。那么，他怎么就把就诊卡扔掉了呢？放弃治疗一定有什么原因。是因为经济上窘迫，支付不了医药费，还是他换到了别的医院？

“葫芦里冒出个大马驹，意外惊喜。”阿律突然说道，“这个谚语来自一个中国的传说。从前有位通玄仙人，骑着一头白色的毛驴，能日行千里。休息时他把驴像折纸一样折起来，放进箱子里。要骑的时候，往纸驴上喷点水，纸驴就变成了真驴。”

我完全搞不清楚状况，迷茫地看着阿律问道：“你想说什么？”

“通玄仙人叫张果老，是中国的八仙之一。”

“我说，你到底……”

“哥，我渴了。”

看来阿律是不想告诉我了。我把就诊卡用纸巾擦了擦，放进裤子口袋，准备回头去医院问问情况。

“哥！”

“知道了，知道了。”

“你真的知道了？”

“嗯，你什么意思？”

“善意的谎言胜过搬弄是非的真话。这是波斯诗人萨迪说过的。”

“你是不是察觉到什么了？”

“你只是用眼在看，根本没有观察。看与观察迥然不同。”

我瞪了一眼阿律。

“这是短篇小说《波希米亚丑闻》中的人物夏洛克·福尔摩斯说的。”

他又这样故弄玄虚。

“哥，我们可以去那边喝点凉的东西吗？”

“先把垃圾清扫了吧。”

总之，刚才这堆垃圾里一定有解开秘密的钥匙。我拿出手机，把这堆垃圾拍了一张照片，然后和阿律一起开始清扫。

“荒木先生，请开门。我是律师堂下……荒木先生！”

按了一会儿门铃，又敲了半天门，门终于打开了。那双吊睛依旧目光犀利，逼视过来。芳香剂的气味依旧刺鼻。

“我不是告诉过你了吗，一切免谈！”荒木用他那威力十足的声音说道。

我虽然很胆怯，心中却暗暗给自己鼓劲，说道：“我不是来和你交涉退房事宜的。”

“那你是为什么来的？”他瞪着我说。

“我们来带你去医院，就算是绑，也要把你绑去。”

荒木紧锁的眉头一下子松了下来，面露不解之色。

“没有必要为了小猫缩短自己的生命。小猫的事，我……”

荒木嘁了一声，粗声粗气地说：“行了，进来说吧。”

我和阿律跟在荒木后面进了房间。

房间很小，只有六张榻榻米大小。门口有一个小得不能再小的洗手池，和式榻榻米的地面磨损得很厉害，屋顶也是黑黢黢的。壁纸和纸拉门上有很醒目的破洞，墙柱上有明显的挠痕。屋里家具只有必要的几件：冬天的炕桌现在当桌子用，小型的液晶电视，再加一个衣柜。炕桌顶着衣柜放着，被褥没有收起来，就那样铺在地上。水池和屋子的角角落落都放着除臭剂，桌上有一罐喷雾式的芳香剂。

荒木盘腿坐在被褥上，不耐烦地说："你们随便找地儿坐吧。"

我和阿律紧挨着炕桌坐了下来。

房内虽然开着空调，可窗户没有关严，留着一个可以让猫自由进出的缝隙，室外的热气大大降低了冷风的效果。窗户边向阳的地方放着一只装有牛奶的大碗。保育院里孩子们的喧闹声从窗外传来。

"你们是怎么知道我的病情的？"

我向他坦白了扒垃圾的事并表示歉意。荒木只是叹了一口气，并没有责怪我的意思。

"我们发现你把就诊卡扔了。据我们观察，你的腰痛并没有治好，应该还需要治疗。如果你是在小诊所看的也就算了，可那是大学附属医院的就诊卡，所以觉得有必要去问问情况。去之前，我一直以为您看的一定是整形外科，没想到完全不是。您请了一个星期的假，原来是住院接受全面检查了呀。"

荒木躲开我的视线，把脸转向了一边。

"因为涉及个人隐私，医生没有告诉我们具体的病名。但是医生说了，如果放弃治疗，则来日不多。"

腰痛的原因很复杂。我上网查了一下，好像是内脏器官的恶性肿瘤。知道自己到了癌症晚期的荒木，扔掉了就诊卡。也就是说，他拒绝了延续生命的治疗。并且下决心要在自己所剩不多的日子里，尽力照顾小猫。

“医生很担心您，”我说，“您的主治医生拜托我们一定要把您带回医院去。”

荒木很烦躁地啧了一声，用指甲挠了挠他额头上的疤，开口说道：“并不是只有长命百岁才是好的。活着没意义的话，就干净利落地了结才好。我不知道还能活几个月，索性就决定死在这里了。”

“永远也搞不明白的，才是人生，”阿律开口说道，“对于未知的人生，越是自以为活明白了，就越危险。”

荒木不解地盯着阿律。

“这是松下幸之助说过的。现在的松下公司是他一手创办并做大的。”

荒木把视线转回到我这里说：“你有一个不寻常的伙伴呀。”

“还是很优秀的伙伴。”我说。

荒木苦笑了一下，表情看起来柔和许多。

“你们是怎么知道猫的事的？”

我把看到过好几次黑猫的事说了，把阿律闻出芳香剂气味中有尸臭的事也讲了。

我说：“阿律这家伙，鼻子可灵了。”

“尸臭？”荒木惊讶不已，歪着脑袋想不明白，他说，“芳香剂是为了遮猫的味道，这里禁止养宠物。不过，我这也不能算养吧。”

“你是说那只野猫吧?”

“是呀。我也不知道为什么,有一次它突然自己从窗户进来了,从那之后就常来。我赶过它好多回,不知怎么搞得,撵走了它又来,撵都撵不走。慢慢地就不舍得了。”荒木说着,望向窗户留的那个缝。

荒木日复一日静静地守候在这里等候猫儿的出现。人,不论把心门锁得多紧,面对小动物,便不可能再紧闭心门了。归根结底,人其实总是渴望能敞开心扉的。

“要是猫的事被房东知道了,他就有最好的理由把我赶走。所以,我才想办法抹去猫的味道。可是你们说的尸臭是什么?”

“猫是不是给你叼来过死老鼠?”

荒木眼睛一亮,好像明白过来是怎么回事了。

“它的确偶尔会叼来死老鼠。”

“房间里一定有过死老鼠,对吧?”

“你这么一说,”荒木点头说道,“我想起来了,你们来的那天,我的确把装着死老鼠的垃圾袋放在了门口。”

于是,我也实话实说,告诉他就因为有尸臭味,我们才怀疑他是不是杀了人,把尸体藏在了屋里。

荒木苦笑了一下,说:“那样的话,被你们怀疑也是没办法的呀!”说着不安地摩挲着脖颈。

“不过,我们的推理也是有漏洞的,”我说,“每次来这里,都能从外面的路上看到您房间窗户总是开着一条缝。如果是为了延缓死尸的腐烂，您开着空调，却不把窗户关严，不是很奇怪吗？翻了您扔出来的垃圾，我们才明白这都是为了猫。垃圾里有牛肉干的袋子、鱼干的袋子，还有三个牛奶盒，有纳豆的盒子，却没有装面包的袋子，所以我们推断您是吃和式早餐的。看到还有煎茶袋子，想您应该没有喝牛奶的习惯。生活垃圾一周收两次，即便喝牛奶，一周三盒也太多了点儿。”翻看了垃圾之后，我们兵分两路，我去医院调查情况，拜托丸目和阿律去荒木那里继续观察。没想到，他们很有收获，证实的确是黑猫从窗户缝钻进了204室。阿律当时还拍了照。

“您担心扔垃圾被房东发现，所以就用牛肉干和鱼干代替猫食对吗？”

看到荒木点头，我继续说：“猫的事，我负责安顿好，您尽管安心去治病吧。”

荒木摇了摇头。

“你不是调查过我的事吗？那应该都知道了，我的人生简直就是一坨粪便，一文不值。”荒木咬紧牙关，多年无尽的苦闷深深地印刻在眉间，“活着没有价值，又死不掉，就这样苟延残喘地活着真是太可悲了。至少在最后的日子里，我想活得有点意义。”

“哎哟嘿，”荒木嘴里轻轻抱怨着，费了半天劲儿，才把他消瘦的身体挪到了窗边，咯吱咯吱地推开原本关合就不好的窗户说，“快来看！”

我和阿律站起来，走到荒木的身后，一起放眼向窗外眺望。眼前是一片向日葵。向日葵长得很高，从窗户伸出手几乎就能够得着，金黄的花儿朵朵怒放。向日葵的那边，是保育院的庭院，孩子们正在玩耍。

“是不是光彩夺目呀?”

“什么?”

“就是那群孩子呀。”

那群孩子中有一个发现了荒木，笑着向他挥手。令人吃惊的是，荒木也笑着对孩子们挥了挥手。其他孩子陆续也都发现了荒木，一边高喊着“向日葵爷爷”，一边笑着朝这边挥手。

荒木满是皱纹的脸笑起来，皱纹挤在一起，更深了。他笑得眼泪都快出来了，对着孩子们使劲挥着手。

保育士也对着荒木鞠了一躬，荒木赶紧回了一礼。

他扒拉开我们，又重新坐回到被褥上，拿起桌子上的茶杯喝了一口说：“现在不是在搞一对一结对子走访高龄人家嘛，那群孩子就到这个公寓楼来了。那是去年春天的事了。从那之后，只要看到我，孩子们就会朝我挥手。我为了表示感谢，就弄来一些向日葵的种子，给孩子们种在这里了。”

荒木叹了一口气，喝了一口茶，继续说：“我是活在黑暗中的人。打小就内心扭曲，活到这把岁数也没能走出阴影。刚才你们也看到了，那些向日葵一起朝向太阳这边盛开。向日葵，就是向着太阳的花儿。在向日葵的那一边，有一群沐浴在阳光下的孩子。只要我对他们挥挥手，他们一定会欢笑着对我挥手。只要一打开窗户，我的眼前就是天堂。

对我而言，就是一片炫目多彩的天堂。”

原来是这么回事呀。

我终于明白了事情的真相。

原来他并不只是为了那只野猫。

我看着荒木说：“如果这里改建成五层的住房，就挡住了保育院庭院的阳光。所以，你才拒绝搬出去。是这样的吧？”

荒木不太情愿地点了点头：“这是时代趋势，我本无力抗衡，所以一度决定放弃了。可是你们也都知道，我已到癌症晚期，所剩时日不多了。所以明明知道自己的抗争是徒劳的，也要拼一把，就当是一种自我满足吧。”

荒木说到这里哽咽了。他使劲咬着嘴唇，整个人瘫软下来。

我接着他的话说道：“所以，你决定至少在自己辞世之前，一定要守护这片天堂。真是这样的话，你一开始就直接说不是更好吗？”

“诚实是最好的办法，”阿律说，“这是西班牙作家、《堂吉诃德》的作者米格尔·德·塞万提斯说的话。”

荒木苦笑着摇摇头：“我不可能直率地提要求的，像我这种活在阴影中的人，都有股拧巴劲儿。”他苦闷地用手使劲搓着脖颈，继续说道：“主要是不配，像我这样一直是给别人带来伤害的人，这会儿当然更是……”

“我去找铃木先生交涉一下。”

“你能说什么呢？”

“我去找铃木先生，请求他盖楼时考虑一下，尽可能不要遮住保育院庭院里的阳光。”

荒木不知所措地笑了笑说：“就这样的理由，人家凭什么答应呀。毕竟是牵扯到钱的问题。”

孩子们沐浴着阳光快乐地嬉戏着的那一幕令我神驰许久。我对荒木说：“我想办法说服铃木先生。请您一定要安心治病。就算是为了你妹妹吧。”

荒木眼睛直勾勾地看着我。

我低头正准备进寺院的山门，没想到正好和出门的小咲撞了个满怀。“哇！”我吃惊地喊了一声。小咲却纹丝不动，张嘴就问：“阿法，听说你在交涉退租的事呢，进展还顺利吗？我爸也为你揪心呢。听说对方是黑社会的人。你这么胆小，和人家谈得了吗？”

“和你有关系吗？”

“傻子！好不容易本姑娘大发善心，准备牺牲自我下嫁给讨不上媳妇的你，把那些提亲的小伙儿都打发了，正等你攒够三百万结婚资金来迎娶我呢。你这样掉链子，那可怎么办呀。”

追你的人那么多，却迟迟嫁不出去，就怪你这个性格了。结不了婚，可别拿我说事儿。

“阿法呀，你真不要紧？”

“当然不要紧了。”

“那就好。”

小咲这才放了心，马上把视线从我这里移开，故意摆出一副很生分的面孔。她那栗色长发随风飘逸，阵阵香甜的气味搔得我鼻尖直痒。

“你这是去上班吗？”

“嗯，今天夜班。”

“快走吧，好好给咱上班哦。”

“你不催我，我也要走了。”小咲瞪了我一眼，靠近我，恨不得把脸贴到我身上，说，“阿法，需要好好干活的是你哦。给咱快点攒够结婚的钱，本姑娘可不能一直这样等下去！记住了没，不拼了命地给咱赚钱可饶不了你！”

“好，好。”

“什么呀，一点儿底气都没？”

小时候挺可爱的姑娘，怎么长大了成这样了……

“好了，不逼你了。阿法呀，明天我下夜班正好有空，带我去吃点好吃的吧。”

原来是惦记让我请她吃好吃的。

“怎么不让那些整天给你献殷勤的男人请你呢，不是说多得排长队吗？”

“可不是嘛，愿意为我一掷千金的男人多了去了。”

是吗，果真如此？

“只是，让那些男人请客太没劲。阿法，你可得想想清楚，现在这么一个大美女主动约你哦。”

“我忙着呢，没工夫。走了。”

“不就是跟我老爸说些‘不打粮食’的话嘛。”

"反正比和你废话强。"

"阿法，你个傻子。"小咲嘟囔了一句，吐了吐舌头，转身快步离开。超短裙下丰满的身姿，随着裙摆摇动，风姿绰约。

走进寺院大门，法堂旁边是寺务所兼住所。丸目正笑呵呵地盘腿坐在那个房间的外廊上。

"两人又斗嘴了？你和小咲只要一见面就掐架，不烦呀？"

"你都听到了？"

"不想听也听到了。哇啦哇啦那么大声地吵。"

我也走过去在廊下坐下。庭院里那棵巨大樱花树的枝叶已经伸到了廊下，遮住了盛夏火辣辣的阳光。我用胳膊擦了把额头的汗，长长地出了一口气。

"来，喝杯凉茶吧。"

茶盘里放着冰水壶，丸目给我倒了一杯麦茶。我仰脖把一整杯冰凉的麦茶灌进了肚内，又自己倒了一杯，喝了一半，才放下了杯子。

"活过来了吧？"

"嗯。夏天就得喝麦茶呀。"

"傻子，应该是啤酒才对。"

丸目把他那件花里胡哨的红黄绿三色过膝短裤卷到膝盖上，一边挠着长着浓密汗毛的小腿一边说："那件退租的事怎么样了？"

我把大概情况讲了一遍。我说的时候，丸目只是不住地点头，好像在思考着什么。等我全部讲完，他才缓缓开口说："恶人，才是阿弥陀佛拯救的对象。净土真宗是这么主张的。"

"恶人？"

"最初应该是法然上人①的教诲，后来亲鸾大师②将其推广普及了。"

丸目是不是说错了呀，没有这样的道理呀。于是我问："这样说不奇怪吗？难道不应该是善人得救度，恶人下地狱的吗？"

丸目摇了摇头说："作为一个人，你的修行还差得很远呀，法男！"

你还好意思说我，自己一把年纪了，整天泡夜吧，跟在和自己女儿同龄的年轻姑娘屁股后边献殷勤。这样的你，还说我修行不够？

"法男呀，我问你个问题。你说什么是恶人？"

"啊？"我一时竟不知该如何回答，"这个嘛，就是那个，比如说，就是那些做了坏事的人。什么罪犯呀，搞歪门邪道的人吧。"

"噢，"他一副小觑我的语气说，"这样呀？那你敢说自

① 日本净土宗祖师，讳源空，法然是其房号。

② 亲鸾（SHINRAN，1173—1263），日本佛教净土真宗初祖。曾名范宴、绰空、善信、愚秃亲鸾等。

己从出生到现在，一件坏事没做过？不管是多小的事，一点点犯罪的事都没干过，你敢保证吗？”

“哎呀，那也太极端了。”

“极端个屁，再小的事，罪恶就是罪恶，不正就是不正。”

算了吧！你自己不也是个假和尚！

“你听我说。人，都是这末法浊世里充满七情六欲的凡夫俗子。再杰出再伟大的人都会犯错的。打死一只蚊子，在佛教中也属杀生之过。再比方说，爱自己的孩子本无错，可是过度呵护，令孩子无法成人的事常有吧？这就是善举未必成善果。所以，人孰无过？就是因为有罪，我们才不能成仙成佛，我们才只能是人。所以，佛祖才要普度众生。为自己积德积福之人当然不用说，罪恶深重之人，更需要佛祖的救度，因为他靠自己的力量无法超度。”

“道理我也听懂了。可是，那些十恶不赦却丝毫没有悔改之意的人，也像好人一样可以得到救赎，这一点我还是很难接受。”

没想到丸目听了我的话，哈哈大笑说：“我也不能接受呀。”

“搞什么呀，”我好失望，“你都是住持呢，怎么能这样？”

“傻子，住持也是人呀。凡人，谁能接受？过去呀，我给一个罪犯当辩护律师，那是个坏透了的家伙，虽然最后被判了死刑，可死刑都不足以惩戒他的罪恶，他简直就是个十恶不赦、猪狗不如的东西。绞刑处死都便宜他了，那家伙真该挨千刀万剐。”

“你竟然连这种人的辩护都做呀？”

“那也是不得已。”

“该不该给这种人辩护，咱先不论，”丸目继续说，“咱们一般的人，不可能去拯救这样的大恶人，连想的念头都不会有。我不知这样算不算没有慈悲怜悯之心。相比之下才明白佛祖有多伟大。与佛祖博大深厚的慈悲胸怀相比，咱们凡人那点小小的良心，简直渺小如沧海一粟。佛祖的慈悲，就大了去了。要是我有那样的胸襟，现在早都立身成佛了。”

那倒也是。宗教的事，我虽不懂，可若能蒙泽如此深厚的爱，的确能令人心境平和。

我说：“宗教所谓的罪，和法律中的罪，完全是两回事呀。”

“是呀。”丸目点点头，端起茶喝了一口。我往前挪了挪屁股，坐到走廊边上，把脚伸出去，搭在庭院的石头上。树上的知了欢快地鸣唱，夏日的蓝天从枝头伸向远方。

“哎，丸目。”

“怎么了？”

“你为什么不当律师，却来做住持了？我父亲去世了，可事务所还可以继续干下去呀。”

丸目的表情有些凝重。很快，他一副坏笑的表情告诉我说：“还不是因为宗教法人[①]在税收方面有很多优惠嘛，相当诱人的哦。”

“严肃点，认真回答。”

“就是一时兴起吧，”丸目仰头望着天空，“荒木那个人呀，”丸目转了个话题，“虽然我不认识他，可是我想他一定觉得自己不仅杀死了自己的老婆，连孩子的命也搭进去了，所以现在就算赔上自己的性命，也要为孩子们守护那片庭院吧。”

“我也这么想。”

“这就是菩萨的境界了，”丸目深有感悟地说，“能不犯罪固然好，可也有人正是因为犯了罪，才脱胎换骨成为更好的人。人呀，从任何一件事上都可以学到东西，不论多大年纪都可以成长。就像我这样。”

最后这句话，有点多余哦。

“唉，你怎么没感慨一下我说得有道理？”

“不想可以吗？”

“法男呀，你太没有看人的眼光了。”

“我说丸目呀。”

“怎么了？”

“荒木的癌症能治好吗？”

---

① 现代日本社会存在着寺院、神社、教会等多种形式的宗教团体，而这些宗教团体的成立及其活动都将接受日本法律的制约和保护。简言之，一座寺院如需开展正常的宗教活动，首先在法律上必须接受作为“宗教法人”的核准并获取“法人”资格，其次此寺院必须在寺院规章中注明其为受法律保护及约束的“宗教法人”。

“你不用为这件事介怀，”丸目用很超然的口吻说，“就算是治不了了，他也是能到极乐世界去的。这个一定没错。”

“别说不吉利的话。”

“傻子，死不是什么坏事，活着才悲惨呢。死是从这末法浊世的苦海中解脱出来。‘辛苦了，您这辈子已经尽力了’——我们应该这样想那些故去的人。更何况，荒木在他有生之年已经积了福德，很了不起的。可以安心上路了。”

丸目看了一眼手表，然后拍了一下膝盖，站了起来。

“欲壑难填的俺，要去修行了。俺答应了上野夜店的小妹妹要去陪她。俺要成为夜店大王呢。”

“色鬼住持！”

“我说法男呀，你也二十八了，该有个女朋友了吧？”

“关你什么事，少管闲事。”

“真是没出息的家伙。”

嘲笑了我一番，丸目就哼着小曲走进屋里去了。

被挤对得太没面子了！

管他呢，我给自己鼓了鼓劲儿，就势也起身走了。

“拒绝治疗，把就诊卡扔了的人，却随身佩戴着祛病求平安的护身符，是不是很奇怪呀？所以，我想那也许是一个对他来讲很重要的人送给他的。”说完我端起姨父给我沏的咖啡喝了一口。

“查了一下，发现六个葫芦的护身符是祈求癌症痊愈的。荒木从未和工作单位的人说过自己的病，因此送给荒木护身符的人应该是从大学附属医院了解到荒木病情的。我猜测，大概是曾经到荒木工作单位和公寓找过他的那位女士。因为涉及个人隐私，医院是不会将病人的情况随便告知他人的。由此可见，这位女士应该是和医院有关的人。”

我的推测完全正确。荒木的妹妹叫敏子，在大学附属医院工作，哥哥荒木来医院看病时，碰巧被她遇见。

“哎呀，你的推断很严谨呀，”在吧台里洗杯碟的小姨感慨道，“一点儿也不比阿律差。”

“阿律的训练见效了呀。”站在小姨身边的姨父深有感触地说。

这些话在我听来，怎么没有被表扬的感觉呢？是我自己想多了？

“总之，因为有阿律给我的提示吧，”我先表示了一下谦虚，继续说，“还真是葫芦里冒出个大马驹，意外惊喜呀……”

“不管怎么说，”姨父无限感慨地说，“真没想到竟然是他妹妹呀。”

怎么回事呀，人家还正在说着呢，怎么不耐心听完呢？

“这是命运的安排，老天注定他们会再相见的。”小姨说着眼睛都不禁湿润了。每次看韩剧小姨总这样，照美姨妈最听不得这样的故事。

荒木铁藏和敏子兄妹俩，出生于山村的农家。祖父和父亲两代人都很差劲，几乎没怎么让铁藏上过学，像使唤牛马牲口一样逼他干活，还动不动就打人。铁藏头上脸上有很多伤疤，都是父亲用锄头等农具打的。青春期叛逆的时候，铁藏离家出走了。听说那之后的几十年，兄妹俩一直没有再见。敏子告诉我说，她是看名字和脸上的伤疤才认出哥哥的。

敏子给哥哥打电话，他总是挂断不接。去公寓找他，也不给开门。没办法，只好找到哥哥干活的地方。

敏子说："我曾试着说服哥哥接受抗癌治疗。我和我丈夫两人都有工作，钱的事情不用担心。我还在我家附近给他找好了房子，想让他搬到离我近的地方，也方便我照顾。"

可铁藏固执地始终不肯点头。敏子说，她无论如何也想不出办法，能让她哥哥敞开心扉。

"这个做妹妹的对哥哥还真好呀！"姨父说。

"听说小时候铁藏为了护着妹妹，没少挨打呢。"

小黑跳上吧台，开始喝盆中的水。

"父母要是能好点，孩子也不会进黑社会。那样的话，也许又是不一样的人生呢。"姨父一边摸着小黑的背，一边满面苦涩地说。姨父自己也是因为童年不幸，才成为黑社会成员的，所以这应该是感同身受的一番话。

"然后呢，怎样了？"小姨问，"他搬到妹妹给找的公寓了吗？"

我点了点头："还不知道他要住多久医院，不过出院就会住过去。已经把家具东西都搬到那边去了。"

可能他就出不了院，不过，我没敢说出来。很多被医生宣判所剩时日不多的人却活了好久，说不定铁藏也可以这样。

“那么重建公寓楼的事怎么样了？”姨父问。

“算是解决了吧。”

“哦，怎么解决的？”姨父从吧台里探出身子，很好奇地追问道。

“房东铃木先生事先并未将重建公寓楼的事宜通告保育院。所以，我拉上保育院的院长一起去找铃木先生，跟他解释了相关日照权的问题。”

阿律举了好多之前的相关诉讼的事例，有理有据地说服了铃木先生。最终双方达成一致，将原计划的五层改为三层。这样，虽然保育院的庭院有一部分被遮住了阳光，但好歹没有完全失去阳光。

“也行，这样也算比较合理吧！”姨父说。

喝水的小黑又因为喝得太急，被呛得直咳。

“我把猫屎铲干净了。”听到说话声，我转头一看，阿律正抱着胖太走过来。

“阿律呀，每次都让你弄真过意不去。你怎么这么有眼色呢，总是帮着干这干那的，感动感动。你真是个有情有义的好孩子，不像某位傻大哥，从不伸手干活，就知道傻坐着喝咖啡。一个父母生的兄弟俩，怎么这么不一样呢。”

被姨父瞪着，我缩了缩脑袋。

“你难道没有什么要对我说的，法男？”

“哎呀，姨父您沏的咖啡，简直太美味了，害得人都上瘾了。”

“我不是让你说这个！”

姨父一副凶神恶煞的样子。正在这时，荒木铁藏和敏子兄妹俩走进店来。铁藏有些腼腆，眼睛都不知往哪里看才好。妹妹敏子代替哥哥跟我们打了个招呼。

“医生只允许上午外出半天。正式的治疗明天就开始了。”

“外出身体还受得了吗？”我问道。

敏子点了点头，笑着说：“哥哥好像很挂念那只寄养在这里的猫。”

铁藏寄养的那只黑白两色的猫，小姨已经带去做了体检，也打过了疫苗。不过，这只小猫好像对新环境还不太适应，不怎么和其他猫一起玩耍，也离客人远远的——它只对阿律好，也只有阿律可以靠近它。

“没有，才不挂念呢。”铁藏说着故意把脸转到一边，一副爱答不理的样子，看得我直想笑。

我把姨父和小姨给他们做过介绍后，就领他们去那只黑白猫卧着的地方。敏子紧紧地跟在铁藏身边，从旁用力搀扶着他。

小姨自作主张地给猫起名叫布丁，它现在正卧在朝阳的飘窗上。布丁好像记得铁藏的脚步声，铁藏刚一往那边走，它就把头转过来，敏捷地跳下窗台，主动靠近铁藏，还用脑袋在铁藏的腿上蹭来蹭去。

铁藏席地坐下，把布丁抱在怀里。从侧面看去，阳光透过窗户洒在他的身上，虽然面色憔悴，人也很消瘦，可铁藏看起来是那么幸福安详。

“我自己夸下了海口，”铁藏摸着布丁的头，突然张口说起话来，“可结果还是搬走了。其实我是真不想从那个房子搬出来呀。在那里，只要挥挥手，就会有人也笑着对你挥手。”

阳光好像很刺眼的样子，铁藏眯着眼看向阳光灿烂的窗外：“现在大家对我都很好，特别是敏子。我这样的人，老天怎么还对我这么好呢？我真不知是哪里修来的福气。”

铁藏吸了吸鼻子。敏子蹲下身，用胳膊搂住哥哥的肩膀。阳光下，两个老兄妹和一只猫，静静伫立。

“是否长寿，那是命运的安排，”阿律用平和的语气说道，“可是，活得是否充实，就要看你的内心了。”

一片寂静祥和的氛围中，这句话的余韵久久回荡在我们的心中。

过了好一会儿，铁藏才开口说道：“你的心里，满满的都是这些好词好句。”他的声音听起来像阳光般温暖平和。

“这是谁说的话呢？”

“鲁齐乌斯·安奈乌斯·塞内加，他是罗马帝国朱里亚·克劳狄王朝的哲学家。”

铁藏轻吹了一声口哨，说：“有学问就是好呀，想什么都能说得明白。不像我，只知道挥拳头，使蛮力……”铁藏若有所思地说着，脸上的皱纹不由得挤成了一疙瘩。他努力平复自己波动起伏的心绪，仰起头，面带微笑，有点羞涩地问敏子："我，是不是也从现在开始学习呀？怎么样，敏子，不晚吧？"

敏子眼里噙着泪，使劲地点头。

第三章　谎言事主与消失的遗书

母亲十五年前就病故了，是癌症。母亲患的是弥散浸润性胃癌，发现时已经晚了。虽然住院接受了抗癌治疗，可是一直处于昏睡状态，一个月左右就逝去了。

母亲留给我和阿律的遗言非常简单，就一句话："你们兄弟俩要和和睦睦、互帮互助。"

虽然我说不清我们兄弟俩是不是很要好，可是互相帮助这一点我还是敢打包票的。我需要阿律，阿律也离不开我。当然，也经常有觉得烦的时候。

母亲临死之前，把我和阿律叫到床前对我们说："能做你们的妈妈，我已经很幸福了。"

真是这样吗？我不太懂。也许母亲只是不想让我们太伤心才这么说的。

不管怎么说，母亲留给我们的话，成了我们永远的精神支柱，是我们生命中听到的最温暖、最动听的话。

猫咖啡馆在寺町的一条小路上，靠多年的老顾客维持。姨父是个资深漫画迷，所以咖啡馆里有超过三千册的漫画藏书。姨父打着为了那些漫画迷老顾客的幌子，企图进一步扩大漫画藏书的规模，可是店里实在没有增放书架的空间，再加上小姨说"咱又不是漫画咖啡馆"，坚决不批准，因此姨父这个心愿实现的可能性几乎为零。

噼里啪啦咚！

我闻声回头看时，发现一堆漫画书散落在地面——和隔壁律师事务所相通的那个门旁，有一个落地大书架，那堆书就是从书架的最上面掉下来的。

我抬头望去，视线刚好和站在梯子上的列侬碰到了一起，他紧张地缩成一团。"对不起！"列侬吓得都快哭了，"我马上去捡起来。对不起，真的对不起！"

他站在梯子上鞠了好几次躬，然后手忙脚乱地开始从梯子上往下爬。

"行了行了，慢点下！"姨父从吧台后面喊道，"你要是摔了那可就糟了。怎么也不能让客人受伤呀。"

明明是安慰人的话，可从曾混迹黑社会的姨父嘴里说出来，听着就吓人。

"是，对不起！"

列侬把他那肥胖的身体拼命地缩在一起，又开始鞠躬道歉。

正在招呼客人的小姨也担心地望着列侬。阿律好像也是因为听到动静，打开门从事务所那边探过头来。我从吧台边的长条沙发上站起来，准备过去帮忙。可是听到列侬说“没事的，我一个人可以”，便又把屁股放回了沙发——我是个决不愿做一丝一毫无用功的人，谁让这个时代讲究节能呀。

列侬是咖啡馆的老顾客，是个漫画迷，一周差不多要来三次。乱蓬蓬的长发在他脖子后面扎了个鬏儿，戴着披头士约翰·列侬那样的圆眼镜，三十多岁，典型的宅男。他每次来，都会专心致志、忘我地看一个小时左右的漫画书。我们不知道他叫什么，便在背后偷偷给他起了个外号“列侬”，慢慢地，列侬就成了他的名字。

大书架一通到顶，为了便于取放高处的书，还特意准备了一个梯子。可是截至目前，很少有客人用过这个梯子——因为姨父想客人所想，伸手够不到的地方，放的都是些不太受欢迎的书。没想到，这位列侬兄竟然经常爬上梯子，翻看那些放在高处的书。他那大啤酒肚的体格站在梯子上，看着都让人替他捏把汗，可是他从未摔下来过。像今天这样，从书架上把书弄掉到地上，据我所知也是头一遭。

列侬开始捡那些掉到地上的书。我从旁冷眼看着他捡书，又和姨父继续谈论刚才被打断了的话题。

在寺町天王寺附近的一所公寓里，住着一位叫猪狩沙智子的女人——今年春天涂鸦事件中认识的那位。她因为眩晕造成种种身体不适，一直不能工作。目前生活的来源是社会低保以及针对母子单亲家庭的特殊援助。通过小姨介绍，她现在到生活协同组合去工作了。她本人希望做全日制的零工，可是考虑到她的身体状况，我说服她先做小时工。

我刚才正和姨父说这事呢。

“那，沙智子同意了？”

“嗯。好说歹说，总算是同意了。她想尽早不再依靠低保生活，心里很着急。可是，太过辛苦身体再出现问题就不好了。”

“那就得不偿失了，”姨父点头同意我的意见，“她染着黄头发，说话高声大气的，外表看起来像个小混混，可这位年轻妈妈实际上多爱孩子呀，是个认真的人。”

“越是这种认真努力的人，越容易抑郁呀。”

“说得有道理，”姨父使劲点了点头，“不过法男呀，无论遇到什么挫折失败，你是绝不会抑郁的。这一点我很放心。”

我正准备回敬姨父一句，突然听到有人搭话：“那个……”我转过头一看，列依那张胖乎乎的脸已经离我很近了，差点贴到我脸上。

我惊讶地问道：“什、什么事呀？”

“是不是可以免费咨询呀？”

“你说免费咨询，是法律方面的？”

列依缩着脑袋，点了点头。

“当然可以了。我们一直在为咖啡馆的客人提供免费法律咨询。”我立即装出一副笑脸。已经好长一段时日没有客人找我们咨询了。“您有什么为难的事呢？”我问。

“在这里有点不方便说。”

“啊，当然，当然。我们还是到隔壁的事务所去谈吧。

请，这边请。”

我把手轻轻地放在列依厚实的脊背上，引导他往隔壁事务所走，并回头看了一下小姨和姨父。只见他们俩正微笑目送着我们，还握着拳头挥了挥，摆了一个“搞定”的手势。

推门走进事务所，阿律正对着电脑，坐在桌前。

“阿律，这位是来咨询的客人。”

阿律闻声从电脑屏幕前抬起头，面无表情地看着列依——说了他好多次了，可他就是这样，连个招呼都不会和客人打。我有点小上火，不过表面上装作若无其事的样子介绍道：“这是我弟弟，叫堂下律，是我的秘书。”

“哦，堂下，躺下？”

阿律又把他自以为很搞笑、其实陈旧乏味的诙谐念叨了一遍。列依一脸迷茫的表情。

“别介意，他只是想搞笑一下而已。”

“哦。”

“来，请坐！”我用手指了指沙发。

列依那硕大的屁股深深陷入了沙发，双肩背的包拉锁没拉，敞着口放在身边。我在对面的沙发上坐下后，列依便开始说话。

“我见过他好多次，每次我都觉得好羡慕噢——个子又高，身材又好，长得还那么帅。”

的确，阿律甜美端正的脸庞就像英雄大片里的主角。关键是，人家的脸还不大。相貌平平的我和弟弟比，简直就是一个地下一个天上。

“那个，您想咨询什么呢?”我不动声色地岔开了这个糟心的话题。列依垂下眼帘，好像很难开口的样子，身体不住地晃动着。我没有催他，静静地等着他开口。片刻寂静，还是阿律打破了这沉默的气氛。他一边狠劲吸着鼻子，一边说：“一股甘茶香的味道。”

突然冒出来一句不明就里的话，这是阿律的坏毛病。

“甘茶香，什么东西?”我转过头看着阿律。

“灌佛会，是庆祝释迦牟尼佛诞生的佛教节日，”阿律没有表情地继续说，“这一天，有甘茶浸水灌洗佛像的习俗。传说佛祖诞生时曾天降甘露，此节日就是由此而来。人们提取甘茶的成分制成祭拜的线香，就叫甘茶香。甜甜的香草气味是甘茶香的最大特点。”

“我没闻到什么香的味儿呀。”

阿律毫不讲情面地说：“就是有嘛。”

阿律的嗅觉跟稽查毒品的警犬似的。他要说有，那就一定有。

“那个，其实呀……”列依惶恐不安地说，“昨晚，我守夜了。”

“守夜?”我转回头来看着列依。

“对，就是守灵，通宵守在灵前，不能让祭奠的蜡烛和供香灭了。”

听他这样一说，再看列依的眼睛，果然充满了血丝，红红的。

“不过，我早上已经洗过澡，还换了衣服才来的。”

列依把胳膊伸到鼻子下，使劲闻了闻。“没味呀，”他不可思议地歪着脑袋，小声嘀咕了一句。

“是哪位亲人故去了？”我询问道。

“是我妈妈……”说着列依垂下眼帘。一时间，母亲故去时的情景浮现在我的脑海中。我很快调整过来，说道：“请您节哀顺变。”

我一副很沉痛哀悼的表情，可是阿律还是一如既往面无表情。

“甘茶香是淡路岛的特产。淡路岛是日本最大的线香生产地，产量占国内总产量的七成左右。”他继续炫耀着那些可有可无的储备小知识。

怎么连一句表示哀悼的话都不会说呢？我心里有点冒火，可是列依丝毫没有愠怒。“是这样呀，”他小声嘟囔了一句，“我妈妈就是淡路岛的人。”

“咨询的事，其实，就是这件事。”

“这件事是指？”我急切地探过身子询问道。

“因为遗书，我和哥哥发生了争执。”

列依很沮丧地叹了一口气。

“请您讲得详细一点。”

列依对着我，有气无力地点了点头。

列依的名字叫小野洋二。他母亲患癌症刚刚去世，昨天是葬礼前最后一夜。赶来守灵的哥哥夫妇一来就和洋二谈起遗产继承的问题，竟然说洋二没有继承权。

“这是为什么呢?”我问道。

“哥哥说妈妈一定留了遗书，要把所有财产全给他。”

洋二兄弟两个，他排行第二。哥哥从小就很优秀，现在是一流商社的销售科科长。而洋二呢，一无所长。原本他想进专科学校学习漫画，立志当漫画家。可是，迫于父母的压力，进了一所私立的四年制大学。上了一年他就退了学，也从家里搬了出去。之后，他租了一间房，开始独立生活。为了有朝一日能当上专业的漫画家，他一直给漫画家当助手，有时还在便利店打点零工，过着很清苦的日子。就这样，不知不觉就过了三十岁——今年他已经三十八岁了，独身一人，没有成家。

“我确认一下哦，您父亲是不是也去世了?”

洋二回答说：“七年前因蛛网膜下腔出血病故了。”

“那时，有没有为遗产的事和哥哥发生争执?”

“没有，因为我放弃了继承权。”

“您父亲有没有什么债务?”

洋二摇了摇头：“我家曾经非常富裕。爸爸在一家大公司工作，干到了部长一级。而且家里还有祖上传下来的地产。”

“你为什么要放弃继承权呢?”

“爸爸去世后，妈妈开始一个人生活。上了年纪，需要钱的地方多，我觉得把爸爸的财产都给妈妈是理所当然的，而且……”洋二说到这里有点说不下去了。过了一会儿，他继续说：“我也没脸继承家产。父母把我送进大学，我却没好好上过一天课，结果要留级了，没办法，上了一年就退学了。”

“毕竟那不是你想走的路呀。你是遵从父母的意愿，违背自己意志上的大学呀。”

“可是，是我把父母的钱打了水漂儿一样地浪费了。”

洋二摘下他那副圆圆的眼镜，用手揉了揉充血发红的眼睛。

“原本我在家里待着就不舒服，退了学就更难受了，只好从家里搬出来。父母整天逼着我找工作，可是我一心想成为漫画家。就这样，一事无成混到了这个年纪。”

洋二的表情看起来又像哭又像笑。他把圆圆的眼镜又重新戴上。

“你开始一个人生活之后，有没有要过父母的钱？”

洋二摇摇头。

“那，你就还有继承权呀。”

如果孩子放弃继承权，那么母亲作为配偶就可以继承丈夫的全部财产。其实，这样的事例并不少见。可是，为了确认洋二的想法，我又进一步追问他当初放弃的原因。

“因为我是个不肖之徒吧，”他自嘲般无力地笑了笑说，“浪费父母的血汗钱，令父母失望，还伸手要遗产，谁说得出这么厚颜无耻的话呀。”

孩子和父辈争遗产，这样的案例其实也很常见。现如今，经济不景气，这样的事情就更多了。可是，他没有固定职业，过着清苦的日子，却坚持说自己没资格继承遗产，这份诚实令我对他颇有好感。

“那时候，你哥哥也放弃了继承权吗？”

“大概是那样的吧，”洋二说着，有点拿不准的样子，歪着脑袋想了想，“不管怎样，都和我无关。”

“看样子，事情还有点小复杂。”

“其实也没什么复杂的。”

“能请您说说吗？”

洋二点了点头。

“从小妈妈就溺爱哥哥。爸爸一心只忙工作，基本不怎么在家，因此妈妈说什么爸爸就全当真的听。哥哥是个好孩子，我是个没出息的坏孩子，从小就被这样贴上了标签。我不知妈妈是怎么跟爸爸讲的，好像爸爸也认定我是个不让人省心的儿子。我在家一直是被孤立的。于是，我开始沉浸在幻想的世界里，疯狂地迷上了漫画。在家的时候，我总是一个人看漫画或画漫画，以此来逃避现实。”

被溺爱长大的哥哥很任性，因为成绩优秀，不光看不起弟弟洋二，甚至连母亲也瞧不上。即便如此，母亲依然把所有的爱都给了哥哥。另一方面，却对洋二格外冷漠、严苛，简直就把洋二当成了出气筒，不管多小的过失都不放过。在洋二的身高超过母亲之前，对他拳打脚踢那是家常便饭。

“其实，我觉得妈妈是个不太懂得如何爱人的人，”洋二说，“她不知该如何将母爱公平地分给两个孩子。”

“虽说如此，您母亲的做法也够极端的了。”

“爱，只有一个法则，”坐在桌旁的阿律突然开口说，

“就是要让自己爱的人幸福。”

洋二听到这话，把视线转向了阿律。

“这是法国作家司汤达的名言。他的《红与黑》《巴马修道院》很有名。”

“不好意思，我弟弟是个名人名言爱好者。”我赶紧给一脸茫然的洋二解释道。

“原来如此。人长得帅，还这么博学，真让人羡慕。”

“不过，过度的爱有时也会让对方不幸。”我把话题又拉了回来。

洋二落寞地点了点头：“如此想来，哥哥从某种意义上讲也许是被母爱给害了。但他本人可能不觉得——他觉得他是人生赢家，和我不一样。”

阿律此时又横插一句：“为了取胜拼命练习，只要有一点儿进步就会沉浸在兴趣所在的事物中。这就是所谓的乐趣吧。”

洋二吃惊不已，眼睛一动不动地盯着阿律。过了好一会儿，脸上的表情才慢慢变得柔和起来，高兴得说话嗓音都提高了不少：“这是《黑子的篮球》①！”

“正确。这是《黑子的篮球》这部漫画中，木吉铁平的台词。”阿律淡淡地回答道。

“这句也算名人名言吗？”

阿律一如既往地无视我的话，没搭理我。我尴尬地干咳

① 《黑子的篮球》是藤卷忠俊写的一部有关篮球的漫画作品。

了一下，把脸转向了洋二。

“那么，现在您母亲去世了，她是不是写了遗嘱要把所有财产都给你哥哥？”

洋二使劲摇了摇头：“遗书什么的，根本就没有。”

“没有？”

“嗯，妈妈没有写遗书。可是哥哥根本不信，他非说有遗书，还怀疑我把遗书藏到哪儿了。”

“有没有好好找找？”

“哥哥嫂嫂正在家里掘地三尺地找着呢。”洋二深深叹了一口气。

“会不会放到律师或公证人那里了？”

“没有，没找过什么律师或公证人。”

“那么是不是这样呢，”我把头稍稍靠近洋二的脸说，“你找我们帮你，是想让你哥哥接受没有遗书这件事，然后两兄弟分得应得的遗产？”

“对，”洋二点点头，“我可以得到法律规定的那一份，对吧？我就要我应得的那一份。我只想公平地分配。可是，哥哥根本不听我说的话，非说我把遗书藏起来了，说我根本没有资格继承遗产，还说他要雇律师。”

“雇律师？”

也就是说，他这是准备正式委托我们当他的律师了呀。我拼命忍着，不想让人看出我的心里已经快笑开花儿了。如此一来，我面部的表情变得奇奇怪怪的。

“和律师交涉，对于没有法律知识的人来说，是很困难的，容易被对方的律师牵着鼻子走。请您务必交给我，让堂下法男我来帮助您。”

洋二很歉意地说，他眼下没有钱。于是我提议，不收取服务费，等继承了遗产后，按遗产金额支付相应的报酬。洋二想了一会儿，同意正式签署委托合同。我在心中比画了一个胜利的手势。阿律好像已经开始用电脑书写合同书了，手指轻快地敲打着键盘，嘴角也微微上扬，看来也很开心。

据洋二说，他哥哥叫洋一，长他四岁，今年四十二岁。有妻儿，住在千叶县八街市，有一栋独门独院的房子。因为婆媳关系不好，父亲去世后，他们没有把孤老的母亲接去同住。

“母亲也说，这样反倒更自在。哎，我知道，她不过是嘴上不肯服输罢了。”洋二苦笑道。

“不过，两年前妈妈病倒了，检查发现是大肠癌。哥哥工作忙，嫂子也说她要照顾孩子很辛苦，最终还是我来照顾的。”

当时洋二退了公寓楼的房子，搬回了父母家。之后，母亲多次住院，又不愿外人到家里来，一直拒绝用护工，因此几乎是洋二独自一人包揽了照顾母亲的责任，每天连门都出不了。偶尔得了空，就坚持画漫画。

“哥哥是做营销的，国内国外到处飞，几乎很少能见到。来过那么几次，也不过是带点水果店买的果篮，待个半小时就走。即便这样，妈妈也是满心欢喜，千恩万谢。还说什么‘你那么忙特意回来看我，真是给你添麻烦了，谢谢你带来这么贵重的礼品'之类的话，说着还要挣扎着起身道谢——明明妈妈的身体已经被抗癌药的副作用摧残得瘦弱不堪了。"

洋二使劲咬着嘴唇，肥胖的肚子气得一鼓一鼓的。他摘下圆圆的眼镜，用手擦拭了一下眼角后继续说："妈妈刚去世，他一副没事人的样子，马上和我谈遗产的问题。我并不是恨哥哥。我没工作又独身一人，由我来照顾妈妈也是应当的。可是，昨晚他来奔丧，那个态度实在……"

洋二从旁边的随身小包里拿出一包纸巾，抽出一张擤了把鼻涕。

"葬礼是今天吗？"

听了我的提问，洋二点点头，低头看了一眼手表，"还有两个小时。待在家里，哥哥嫂子总盯着我，搞得我浑身不自在。好像我要偷什么值钱东西似的，他们一刻不离地监视着我，还拼命地追问遗嘱的事，连个盹儿都不让我打。我只好来这里了。原想看会儿漫画就回去的，碰巧见你在吧台前坐着，没忍住就开了口。"

"你问我就对了。"我微笑着说，"刚好我也想去给你母亲上个香，顺便和你哥哥打个招呼。"

听了这话，洋二神色有些不安。

"不用担心，我只是去给他一张名片而已。"

我向洋二询问了举办葬礼的殡仪馆地址。"葬礼委托的是妈妈朋友的葬礼公司，"洋二说，"知道时日不多了，妈妈就把那个公司的社长叫到病房，自己安排了葬礼的流程。我妈妈就是这样一个人，不知道该说是倔强呢，还是太要强。"

洋二叹了一口气，又擤了一把鼻涕。

“当时我被赶出了病房，所以也不知他们两人都说了些什么。昨晚，来祭奠的人都走后，那位社长来了。当时我在守夜，就我一个人。他交给我一个线香的盒子，说是我母亲特别定制的，还说让我马上用。对了，那个盒子上写着的就是‘甘茶香’。”

“哦，原来是这样呀，”我点了点头，“你焚了一夜的香，怪不得身上有香的味道。”

“你弟弟的嗅觉简直太厉害了。”

“厉害的地方还有很多呢。就是性格不太好。”

“面对中伤诽谤，不予理睬是最好的办法。”阿律突然插了一句。

我回头瞪了他一眼。

“这是法国国王路易十四的妻子，曼特农侯爵夫人说的。”

“哦噢。”

“我说哥呀。”阿律说。

“怎么了？”

“你要去参加葬礼的话，是不是得让照美小姨把礼服帮你找出来呀？”

提醒得好，我还真不知道礼服收在哪里了。

“另外我也要一起去。”阿律说。

我突然有种很不好的预感，回答说：“你还是在事务所留守吧。”

“事务所拜托小姨和姨夫就行了。行不，带我去吧？”

他又开始像小孩要糖果那样撒起娇来。平时说话不噎死人誓不罢休的人，只要提任性的要求，就秒变“宝宝”，各种耍赖。真让人受不了。

“我不管，我说了要去就要去嘛！”

“好，好，知道了。带你去行了吧，别大声嚷嚷了。”

我嫌他烦，只好答应了。听我这样一说，阿律的嘴角微微上扬了一下。

“你们兄弟俩的感情真好。”

回头看到洋二正羡慕地望着我们。

这还叫感情好？真搞不太懂。

跟在洋二后面，我们一起走进猫咖啡馆的大厅，正好看到姨夫站在门边的书架前。

我问他干什么呢，姨夫很困扰地挠着脖颈说：“客人问我有没有《玉碁》这套书，我记得好像有两三本的呀。”

“那种系列的漫画，一般大人都不会买的呀。”洋二说。

“只要我喜欢，我就会收藏，”姨夫很得意地说，“不过你不知道吧，我不会把一整套书都配齐的，那样的话，客人买一杯咖啡还不得坐几个小时不走呀。”

“哦，怪不得，”洋二突然插了嘴，“我就一直纳闷，为什么从没看到过全套的呢。”

姨夫沿着书架挨个找，一边找一边说：“也是因为没地方搁全套的。再说了，我们又不是漫画咖啡馆。”

“说的也是哦。”

“只是对不住像您这样喜欢漫画的客人啦。”说着，姨夫把视线转向洋二。

“哪里哪里，您这里有很多漫画狂热粉才有的宝贝，我每次来这里，都期待能有新发现呢。”

“您能这样说，真是很感谢呀。”

“哦，对了，”洋二好像突然想起什么事似的，指着书架最上端顶着天花板的位置说，“那里的书呀……”

“嗯？怎么了？”

“最上面从里往外数第七本——”

我和姨夫抬头用眼睛搜寻他说的那本书。从书架左边数第七本书是“佛域”丛书的第一册。

“那本书怎么了？”姨夫皱着眉头问道。

“不是的，那个，我就是想问问那里怎么没有放续刊呀。”

“那个呀，那个……”姨夫歪着脑袋想了一会儿说，“我这里应该没有吧。”

“哦，原来是这样呀。”

“不好意思哦。”

“不，不，别这样说。”洋二很过意不去地说，“我再问一下哦，您这里的书会定期处理，或定期换新吗？”

“不会，只有年底大扫除时会扔一些，再放一些新的进去。”

“哦，这样呀，原来是这样的呀。”

“放心吧。珍稀本是不会扔的。”

洋二吐了一口气，很安心的样子说：“太好了。我还有好多想看的漫画呢。”

“像您这样的漫画狂热粉客人还有好几位呢，”说着姨夫竟然还对洋二抛了个媚眼，这完全不是他平时的做派，“行了，等我在别处找到那套漫画的第二册，就给你搁进去哦。”

“不用，没事的。我自己找就行了。”洋二又对着我行了好几次礼，说了好几遍“拜托了”，才走出咖啡馆去。

“哎，法男，他找你什么事呀？”

“先别着急问这些，您是不是不该让那边的客人就这么一直等着呀？”我说。

“哎呀，糟糕，我怎么又给忘了。”

“您这是走出三步就忘事呀。”

姨夫懊恼地喊了一声，自言自语，疾步朝那边等着的客人走去。我钻进吧台里，对刚收完钱的小姨说：“照美小姨，不好意思，能帮我把礼服找出来吗？我和阿律的。我们一会儿要去参加一下葬礼。”

“啊，是谁家的人不在了？”

“列依。”

“列依？”

“嗯。回头和您细说。辛苦小姨了。”

“你等一下，我这就去取。”

姨夫刚从客人那里回来，小姨就把店里的事扔给姨夫，朝后面走去，跑着爬上了楼梯。

“咚咚咚的吵死了。能不能轻点上楼梯呀，真是的。”姨夫不快地皱了皱眉，然后从吧台外面探过头来问，“怎么样了？”

“正式签了合同哦。”

姨夫脸上马上笑开了花：“只要认真干，活儿就会越来越多的。脚踏实地一点一点积累是最重要的。总之，什么都不说了，干得漂亮！”

“马马虎虎吧。”

“说说吧，是什么纠纷？”

我简单地把事情说了一遍，姨夫不由双眉紧锁。

“这是遗产纠纷呀，倒是常见的官司。那么，你是列侬的代理了？”

我点点头，一边摸着团成一个卷儿卧在吧台上的猫咪小黑。

“问题关键在遗书上，”姨夫说，“法男呀，你相信列侬吗？”

“必须相信委托人，不然怎么当人家的辩护律师。”

姨夫扑哧笑了出来：“说起话来，和你故去的父亲一模一样。”

“是吗？”

“是呀。”姨夫面露微笑，用慈爱的目光看着我，“不管怎样，你必须为他多争取一些。”

“不行，列侬可不希望这样。他说只想公正公平地分得遗产。兄弟俩对半分，希望不要互相仇恨，想心平气和地解决问题。”

“这不是更了不起吗?”姨夫叼着一支柔和七星的烟，点上火说，“父母去世，其他家人恶言相向，那还算家人吗?”

“家庭有多种组成方式,”我叹着气说，“有幸福的，就有不幸的。然后，又有新的家庭诞生，周而复始，无穷尽也。”

“哦,”姨夫用少有的赞赏的目光看着我，“说话很有大人样了呀。”

“别打趣我了。”

姨夫吐了一口烟问：“热咖啡和冰咖啡，想喝哪个?”

“热的。”

“好嘞。”说着姨夫转过身去。平常穿着衣服看不出来，其实姨夫背上满是疤痕。姨夫当年在黑社会混时，整个脊背刺了青——是一尊不动明王像。后来除去刺青就留下了那一道道的疤痕。

姨夫宽阔的臂膀，永远让我感到安心。

阿律驻足殡仪馆前，远远地望着那一大片的花圈、花篮。他此时的样子，令我想起母亲去世时的情景——那年我十三岁，阿律只有五岁。那时的阿律也和现在一样，面无表情地看着殡仪馆里摆放的花圈、花篮。

“我可以到跟前看吗?”

“可以，不过别碍人家的事儿。”

“嗯。”

阿律同手同脚像机器人似的走到供花跟前。我看着他的背影，突然有种恍如隔世的感觉——当年母亲的葬礼上，我们的对话和今天的一模一样。失去了母亲，阿律连表情都没有变，眼泪也没有一滴，完全不理睬什么葬礼之类的，就那样一直津津有味地望着殡仪馆里摆放着的五颜六色的花儿。还把脸凑近到每一朵花跟前闻花的芬芳，盯着花儿看，恨不得要把花儿吞进去似的。那时他的样子勾起众人无数的泪水。还不能理解死亡意味着什么的幼儿的天真无邪，在这样的场合深深地刺痛了人们的内心。

在洋二的带领下，我和阿律走进殡仪馆。当我们走近丧主——也就是洋二的哥哥洋一身边时，可以看出他很戒备，目光里充满了敌意。洋一的体格像橄榄球选手那样高大魁梧，整个人都散发着那种一流企业白领的精英气质。他长着四方脸，表情威严，银边眼镜后，炯炯有神的眼睛透着冷漠。也许是因为穿着黑色丧服的缘故吧，手腕上的劳力士腕表格外夺目刺眼。

我给洋一递上名片，做了自我介绍。同时忙不迭地用手堵住阿律的嘴，干咳几声，盖过了阿律嘴里咕咕哝哝说得不太清楚的“哦，堂下，躺……”那句套话。洋一用异样的眼神看着我们，我赶紧做出笑脸解释道：“他是我的秘书，叫堂下律。”

洋一不屑地“啧”咂了一下舌头，顺手把我的名片放进上衣的内侧口袋里。

“你还马上带来了律师，看样子你也不是个省油的主儿呀。”洋一骄横地看洋二一眼，然后把视线重新收回到我身上说，“堂下先生是吧，你最好也要当心。他长得一副老实模样，肚里可黑着呢，他就是个大骗子。你也小心别被他坑了哟。”

“感谢告知。不过，我的工作就是维护委托人的权利。”

洋一哼了一声：“权利受侵害的是我好吧。”他故意用很大的声音说：“这个家伙把遗书藏了起来，这毫无疑问属于丧失继承权的行为范畴。”

从他使用的“丧失继承权行为”这样的专业术语来看，他应该已经聘用了律师，而且已经从律师那里得到了相应的指导。感觉他是动真格的，不击败洋二，誓不罢休的架势。

“您有他藏匿遗书的证据吗？”

洋一点点头，用更大的声音说：“去医院探望母亲时，我向母亲确认过的。母亲明确地说她写了遗嘱的。当时，母亲意识还清楚着……”

周围正在忙着料理各种事务的人们投来了惊讶的目光。洋一大概就是希望当时在场的亲戚们都听到洋二的不是才故意这样大声说的：“这个家伙当时也在场，遗嘱他都听到了的。可现在还这样，脸皮真厚！”

我回头看洋二，只见他胆怯地缩着脖子，眼睛也不敢直视我们。他的样子，让我有点担心。

“不管我怎么问母亲，她都不肯告诉我遗书放到哪里。她说等她死了，自然就知道了。可是如我猜的一样……怎么样，果然哪里都找不到了吧。”

洋一隔着我，狠狠瞪着洋二，喊了一声，理直气壮地说：“母亲应该是写了遗书的，要把所有财产都留给我的。”

“为什么呢？”

他很无奈地哼笑了一声，然后压低嗓音说：“因为，母亲一直都觉得我最孝顺。”

“洋二说了，没有遗书。”有人说道。

“所以呀，我就说他是个大骗子嘛！”洋一明显有些焦虑，他双眉紧蹙，表情凝重。

“昨晚还有今早，我快把家里翻了个底朝天，可是哪里都没有呀。”

“您满屋子找遗书的时候，是洋二在灵前守的夜，彻夜未眠哦。”我说。

“那又怎样呢？”

洋一好像要威吓人似的把胸膛挺得高高的，朝我逼近了一步。我下意识地准备退后时，阿律从后面微微用两手撑住了我的背。不愧是我的亲兄弟，一下子就看出我胆怯畏缩的举动。

“你是想说，我没有继承遗产的资格吗？”

“我没有那样说，”我直视着洋一的双眼，“我是在谈论至亲亡故的哀悼之情。”

“哀悼之情？”他用鼻子狠狠地哼了一下，“现在的律师，竟然把这些也拿来做仲裁的争论点了？”

“那倒不是。不过……”

“那就别在这里摆谱了，别对别人的家事指手画脚的。太没礼貌了！”

的确，以律师的身份不应该以感情论事。我对自己的不成熟感到十分懊恼。

“总之，就是这个家伙把遗书藏起来了，”洋一用手指着洋二说，“干出这样的事，竟然还觍着脸说什么不想因为钱的事兄弟相争，还厚颜无耻地说什么公平地对半分……”洋一深深地叹了一口气说：“我们也聘请了律师，依法裁决个清楚吧。我可告诉你们哦，我请的律师是著名律师事务所的金牌律师。像你这种乳臭未干的街道律师，根本就不是对手。”

哦，这样呀？小瞧了我，也一定让你吃不了兜着走！有阿律在，我怕什么……唉，我怎么能马上想到依靠别人呢！有律师资格证的明明是我呀。“我只是希望能圆满地解决此事，”我尽量用平缓坚定的口吻说，“我是来为你们提供帮助的，希望大家可以心平气和冷静地坐下来好好谈。”

洋一实在忍无可忍地摇摇头，像赶狗一样朝我们挥着手说：“能请你们回去吗？”

“请务必允许我们给高堂上一支香！拜托了！”我说着深深鞠了一躬。等我抬起头时，已经不见洋一的影子了。

“欲壑难填的人心就像积雪，越积越厚，以至迷失方向。”阿律说。

“你这个家伙，是不是刚才没和我一起鞠躬？”

“这是幕府末期的武士高桥泥舟说过的话。”

“我没问你这个！你呀，也该知道礼节呀……”

“高桥泥舟和胜海舟、山冈铁舟，被誉为‘幕府末期的三舟’呢。”

哎，有时我还真有点羡慕弟弟阿律的这种率真的性格。

葬礼之后的第一天，洋一委托的律师就寄来了一张 CD。打开 CD 一听，原来是洋一和母亲的对话。这段在病房和母亲的对话，是洋一特意用 IC 录音笔录的。

已故去的老母亲在对话中清清楚楚地说：“我会留下遗书的。”

看来洋一没有说谎。

我百思不得其解，便把事务所的事交给阿律，立即去找丸目商量。

丸目穿着花里胡哨的红黄蓝三色的宽大过膝短裤，上半身配了一件 T 恤。听说了 CD 的事，他马上把 CD 播放机拿到外廊上，和我一边喝着冰镇麦茶，一边仔细听录音。听完之后，丸目把 T 恤衫高高卷起，一边用大蒲扇使劲扇着他那滚圆的肚子，一边说：“看来他去探视，根本目的是为了录音。绝不能掉以轻心呀。对了，对方委托的律师是哪儿的？”听我一说对方律师事务所的名称，丸目把眼睛瞪得老大老大，说：“那是一个可以呼风唤雨的大律所呀，这回遇到强敌了。”

丸目狸猫似的胖乎乎的脸上，浮现出看热闹不嫌事儿大的坏笑。

“还有心思笑?!”我一边叹气一边说，顺手拿起托盘里的玻璃杯喝了一口麦茶。

“要是那个叫洋一的哥哥没有说谎的话,”丸目盘腿坐着，一边挠着膝盖一边说，“那就是去世的老母亲或者是你的委托人在撒谎哟。”

我无精打采地点点头。虽然当着姨夫的面拍着胸脯保证过，可说实话，到底该不该信任洋二，我心里一点儿底都没有。

“你是不是有什么拿不准的事儿?”丸目一双圆圆的眼睛滴溜溜地盯着我看，哈哈大笑道，“迷茫即觉悟，昏暗即光明。所有的痴迷烦恼都会醒悟自明。懂吧?”

“无法理解。”

“也是哦。其实我也一知半解。”说完他又爽朗地大笑起来。

什么呀，真是的，人家正烦着呢。

丸目突然收起笑容说：“不真正建立起和委托人之间的信任关系，可是干不好辩护这个活儿的哟。”丸目把身体凑近我一些说：“你要是觉得无法建立信任关系，就辞去这个活儿吧。能代替你的律师多了去了。”

我把手伸进西装里面的口袋，掏出和CD一起寄来的一封信函。信函中以咄咄逼人的口吻写着，如果现在交出遗书，允诺最低继承权。所谓最低继承权，就是无关遗书内容，依法保障最低限度的遗产继承份额。对于洋二而言，就是可继承遗产总额的四分之一。但是，如若继续隐藏遗书的话，将起诉洋二，剥夺其全部继承权。

看丸目读完了信函，我就问道："丸目呀，如果败诉的话，洋二是不是就得不到一分钱了？"

"是呀，他要是肯老老实实交出遗书，可以分四分之一遗产呢。"

"可是，也许洋二真的没有拿遗书。"

"也许吧。"

丸目把信函还给我，抱着胳膊思考着。

"如果二者选一的话，"丸目说，"对方律师寄来 CD 和信函，可以推测出他们不想费时间，希望尽快了结此案。时间就是金钱。这种小案子，他们可不愿闹到诉讼那个程度。"

也许是有蚊子吧，丸目用蒲扇啪地拍了一下膝盖，继续说："我说法男，下来你打算怎么办？"我坐在外廊上，把伸到院子里的两只脚交叉起来，抬头仰望着夏日湛蓝的天空，问："律师调查委托人，这种事可以做吗？"

"你是说要揭穿委托人的谎言？"

"说不定，也许他说谎了。"

"那可不行哦，"丸目斩钉截铁地说，"委托人有可疑的地方，直接去问他就行了。律师没有必要把委托人说的话照单全收，客观地结合证据和具体情况，觉得有疑惑之处，直接和委托人好好谈，直到确信无疑。如果觉得无论如何建立不了信任关系，辞去委托也没什么。"

"沟通交谈，是吗？"

丸目点点头说："坦率真诚地和委托人交流。一旦决定信任他了，就不能再猜忌。我们要是不能百分百信任对方，对方也不会对我们敞开心扉。”

“丸目，你以前有没有被委托人骗过？”

“这种事，多了去了。”

丸目伸长胳膊，用蒲扇对着我的脸呼呼地扇着，说：“在决定接手案子时，一定要冷静分辨对方是否值得信任。可即便这样，免不了还是会被欺瞒。听我说法男，今后被委托人欺瞒事实的情况，一定会数不胜数。可是，身为律师，一旦选择了信任，就要信任到底。害怕被委托人欺瞒背叛，就不要当律师了。”

我无可奈何地叹了口气，点点头。

“那个，丸目呀。”

“怎么了？”

“得不到父母的爱，简直太可悲了哦。”

我想起了洋二对我说的话。也想起我母亲临终前说的话，想起父亲严肃又慈爱的笑脸。我是被父母真心疼爱过的孩子。

“笨蛋，觉得可悲的想法才最可悲。”丸目不屑地笑了笑。

“为什么呀？”被他这么说，我有点不高兴。

“只要被爱，便会滋生烦恼。”

“又说些莫名其妙的话，谁不渴望被爱呢？”

丸目又用蒲扇拍了拍膝头，望向庭院里的池塘。

“佛祖是这样说的：‘由爱生忧，由爱生怕。无爱之人无忧无惧。爱人之心，渴望被爱之心，都会萌生执念，会滋生把控对方的欲念。如不能遂心，便由爱生怨。因对方离去或亡故，会因爱生悲。爱是一切烦恼之源。'所以佛祖教导我们不要持过度之爱。"说完，丸目端起麦茶喝了一口，打了一个嗝。

"佛祖，还真是冷酷啊。"

"所谓爱，其实本质是以自我为中心。佛祖应该是看透了这一点吧。"

院里樱花树的枝叶长到了外廊上，留下一片阴凉。树荫下，阵阵微风吹过，汗津津的肌肤顿感清凉舒爽。爱，也许正如这凉爽的风？我脑海中突然冒出这个想法。

"佛祖呀，是舍弃父母妻儿出的家，据说他给孩子取的名字意思是恶魔呢。"

"太过分了吧？"

"因为他觉得对孩子的爱会阻碍修行。他这么做，就是为了切断对自我的执念。如此才拥有了慈悲之心，对他人才能同心共感，平等地为众人分担苦难。这，就是菩萨。"

"爱和慈悲不是一回事吗？"

"本质应该是一样的。不过，如果其中混杂了自我，就避免不了会有'爱'和'不爱'的区别。舍弃自我，才能没有分别，才能真正平等地爱。这，就是慈悲。"

"绝对没人能做到这个。"

"当然了，怎么可能轻易做到有慈悲心呢？"丸目笑道，"行了，先不说这些了。洋二呀，你别再想什么他不被父母兄长疼爱好可怜之类的了。你只要知道，这世上就是会有这样的事就行了。”

“因为是别人的事你就这么冷漠？”

“那是当然了，这又不关我事。我，就是一个离佛祖崇高境界十万八千里的、欲望烦恼深重的俗人和尚而已。”丸目说着，嘿咻嘿咻地费了好大劲儿才站了起来。我也下意识地跟着站起身来。

“好了，我出去一下，去探寻我的爱。”

“又去夜店？”

我一脸无奈。丸目两眼放着光，盯着我说：“夜店，令人痴迷，也让人悲伤。”

唉，不明白他这说的又是什么。

我把洋二叫到我的事务所，播放CD给他听。听着他母亲和洋一的对话，坐在接待室沙发上的洋二把头埋得低低的，又矮又胖的身体拼命缩成了一团。对话结束时，我按下CD播放机的停止按钮，死死盯着坐在对面沙发上的洋二。洋二就那样一直低着头，极力避开我的视线。

“刚才的声音，是你母亲的，没错吧？”

洋二舔了舔嘴唇，绝望地点了点头。

阿律在办公桌前敲打着电脑键盘。噼里啪啦的键盘声中，我稍稍探过身问洋二：“前天在葬礼上见到你哥哥时，他说当时你也在场。他们在谈的时候，洋二你确实在场对吧？”

洋二一直低着脑袋，摇了摇头。我虽然心存疑虑，可没有马上追问，继续说："你母亲清清楚楚地说了要立遗嘱。这个内容你刚才也听到了吧？"

洋二点点头。

"最重要的是这个问题，你一定好好回答我。真的没有遗书吗？"

洋二摘下眼镜，用粗笨的手使劲地搓了几把脸，戴上眼镜之后，突然冒出一句："我妈妈是个孤独的人。"然后才慢慢开始讲述起来。

"妈妈好像有好多兄弟姐妹，是家中的老幺，听说很小的时候就被送给别人当养女。妈妈说养父母对她不好，妈妈的亲生父母和养父母我也一次都没见过。后来，妈妈嫁给了爸爸，她那颗孤独的心有没有得到过慰藉，我不太清楚。爸爸不是那种顾家的丈夫，每天都到半夜才回来，节假日也基本不在家。"

"你想象一下，"洋二说，"妈妈一定非常渴望被爱。她是个刚毅的人，有一种很难亲近的感觉。我觉得她的固执倔强，恰恰是她寂寞的体现。从未被人好好爱过，也不知道该如何爱人。妈妈只溺爱哥哥一人，一定是因为她不懂得怎么爱。"

洋二明显在转移话题。我努力克制着焦躁的情绪，等他继续说下去。可洋二却开始把他扎在脖子后面的那束马尾辫拉到胸前，捏在手里搓来搓去，再也不开口了。

"你还没有回答我的问题哦。"我说。

洋二深深地叹了口气，反问我道："你这是不信任我吗？”

“维护委托人的利益是律师的职责，”我掰碎揉烂地尽量把事情往透彻里说，“如果，你要是藏匿了遗书不把它交出来，你将失去继承权。可是，你拿出来的话，可以获得最低份额的遗产。”

“遗书之类的……没有。”

洋二依然低着头，腿却开始不安地抖动起来。随着腿的抖动，廉价的咖啡桌也微微晃动起来。

“看着我的眼睛，你好好回答我。”

等了许久，洋二始终没有抬头看我的意思。

“唉……”我叹了口气，“很抱歉，我不能做你的辩护人了。”

洋二使劲咬着嘴唇，垂头丧气地耷拉着脑袋。

这时，突然一张纸片被塞到了我的眼前，我惊讶地抬起头一看，原来是阿律。他不知何时站到我身边来了。

“什么呀，这是？”

“没有看到关键点，所以一切重要的事情都会被遗漏。”

“你说什么？”

“《新郎失踪案》这本短篇小说中，夏洛克·福尔摩斯说的话。”

阿律恨不得把那张纸贴到我的鼻头。纸上分两排写着两个四位数，两个数字之间还画了一个向下指的箭头，不知有何含义……

上面一排数字是“3187”，箭头指向第二排数字“3188”。

“什么意思呀？”

“如果你不做思考，那么你到底为何要成为一个人呢？”

“你说什么？阿律，你这个家伙……”

“塞缪尔·泰勒·柯尔律治，英国诗人说过的话。”

阿律面无表情地说完之后，撂下一句“我去看看猫”，就去了隔壁的猫咖啡馆。

我无奈地叹了一口气，低头看那张纸。盯着阿律一笔一画写得整整齐齐的数字看了半天，才把视线重新看向洋二，说：“我弟弟让我猜哑谜，我想其中一定有缘由，对弟弟我深信不疑。所以，到底要不要做你的辩护律师，在解开这个谜底之前，我暂时先不做决定。”

洋二只是用半信半疑的眼神看着我，依然没有开口说话。

洋二从临街的玻璃门走了出去，我目送他，直到他的背影渐渐消失在老旧房屋林立的小路尽头。这时，事务所的电话突然响了起来。

打电话来的，是洋一的代理律师。

“我叫朝雾。”

“我是堂下。”

“请问什么时候能让我们看到遗书呢？”

简单地寒暄之后，对方律师以公事公办的口吻问道。

听声音，对方二十多岁，是位年轻男子。

一想到这个被大型综合律师事务所录用的年轻有为的精

英青年，我就不由得火冒三丈。我这个被所有律师事务所拒之门外、没有任何经验、没有任何人脉、不得已直接开事务所的“独立辨护律师”和人家比起来，简直就是白天鹅和癞蛤蟆的差距。

“我的委托人说没有遗书。”我直截了当地把他怼了回去。

对方用鼻子哼地冷笑了一声。他的这声笑，深深地触到了我的逆鳞。

“堂下先生，我们不要彼此浪费时间了。尽快拿出遗书，我们会在最短时间内兑现遗产的最低继承份额。目前，我们已经核算出包括房地产在内的遗产总额了。”

我把刚才的话又重复了一遍。嘁，话筒那边立刻传来一声无奈的咂舌声。

“我们最晚等到明天。请明天之内务必出示遗书，”接着他又挖苦人似的故意唉了一声，“否则，我们将向地方法院提交诉讼。”

“直接就申请仲裁吗？”

“你们不配合呀，”对方突然提高了嗓音，很没礼貌地说，“即便申请调解，也不会有结果的，这再明显不过了。和您这样有大把空闲时间的街道律师不一样，我呀，手头好几个官司，忙着呢。没那么多闲工夫可以浪费。”

哦，您忙，您是个大忙人。

我回敬一句说：“非要诉讼的话，贵方需提供有效证据，证明有遗书存在。”

“哎哟，在这儿等着呢！乳臭未干的街道小律师，没想到挺硬气呀！”对方的语气刻薄尖酸，还轻蔑地笑了一声，说，“你听好了，我们有他母亲的谈话录音为证。而且，他母亲没有对洋一撒谎的合理性理由。从多年的母子关系来看，他母亲宠爱洋一是不争的事实。相反，你的委托人呢？却有撒谎的合理理由。法官会如何裁判，不是明摆着的吗？”

“结果会如何，不试试是不会知道的。”

“如果和委托人串通一气说谎，堂下先生，你也会被处罚的哦。”

“我相信我的委托人。”——当然，这是不可能的。我说谎了。可是，话赶话，我只能这么说。听到朝雾这个名字就令人生厌。这个蛮横无理的所谓精英律师又深深叹了一口气说：“贵方才需要提供遗书不存在的证据。如果做不到的话，你的委托人就会失去继承权。太贪心了，反倒会失去一切的。我这可不是咒你哦，你还是赶紧说服你的委托人吧，这是身为律师的你的职责所在。”

“明天之内哦。”朝雾又叮咛了一句，就啪地挂断了电话。

我心里堵得慌，为了排遣焦躁不安的情绪，把事务所的事交给阿律，就独自出门散步去了。这种时候，到处转转是最好的排遣方法。

我信步走去，竟来到了上野公园。我想既然都到这里了，干脆就去一下国立科学博物馆吧。正在此时，我的背突然被啪地猛击了一下，猛烈撞击和疼痛搞得我气都喘不上来了。回头一看，只见小咲在一旁坏笑：“不行呀，就拍了你一下，脸都吓白了，真没用。”说着，她开心地笑了起来，好像再也没有比这更开心的事儿似的。

明明比我小四岁，可每次见我都要捉弄我。

“瞎晃悠什么呢，不好好干活可不行哦。你听好了，我可是说了的，攒够三百万结婚基金，才考虑嫁给你的。你也鼓把劲儿加油干呀！”

真受不了，每次见面都说同样的话，拿人开涮。

“怎么，有什么不满？”

我和小咲从小就像亲兄妹一样一起长大。她在还是小屁孩儿的时候就倔强、任性，还爱撒娇。特别是她个子差不多要撵上我时，任性自大的劲儿越发不可收拾。

“我说阿法呀，你这是怎么了，是不是工作上犯什么错了？”

“要你管！我才要问你呢，在这里干什么呢，不上班吗？”

小咲在谷中银座商业街街角的一家诊所当护士，自称是偶像护士。

“我正准备去山谷给无家可归的人做定期义诊呢。医生和其他护士都坐车去，我为了保持身材，选择步行前往——保持美丽可不是一件轻松事哦。”

哦哦，原来是这样呀。

“那个什么，义诊之后我们还要和无家可归的人一起做饭，然后，就是众望所归的现场演出哦。”

“你又要唱歌呀？”

“大家都眼巴巴期待着，有什么法子呢。”

小咲与护校时的同学组了一个“美丽看护”三人偶像组合，常去养老院和各种活动上表演节目。因为有那么一些狂热的粉丝，小咲得意得很。

“阿法，你有空了也来看我们表演哦。我在舞台上都介绍过了，说你是我的男朋友呢。”

“你们的表演，那些无家可归的人愿意看吗？你们不会是以义诊为条件，强迫人家看的吧？”

“傻子！胡说什么呢。大家都开心得手舞足蹈，又是鼓掌，又是高声喝彩的。一直消沉萎靡的人看完表演，回去时都面带笑容，又鼓起干劲儿了呢——简直不敢相信，就我们这个烂水平的歌舞，竟然能那么受欢迎。真的，每次结束时，反倒是我们被感动得一塌糊涂。”

小咲用真诚的目光看着我，有点把我的话当真了，一口气说了一长串。虽然任性又缺心眼，可小咲按照自己的方式很努力很真诚地生活着。这一点，我是很喜欢的。

“只要有人喜欢，不管是什么，都有做的意义。”我说。

“那是当然，”小咲得意地说，“阿法，你也要努力工作，成为一名好律师哦。要是不快点存够三百万，我可要被别人抢走了哦。”

“赶快抢走！”

小咲从我身边走过时，又猛拍了我一下，然后冲着我吐了吐舌头，转身跑了。我望着她的背影，好一会儿才移步往回走，一边走一边从休闲裤的口袋里掏出揉得皱巴巴的纸片。纸片上是阿律写的那两个四位数字，还有一个箭头。

搞懂了纸片上写的数字的意思，就一定能找到打开眼下困局的线索，也就找到了武器，足以将那个叫朝雾的可恶家伙杀个片甲不留。

就算是为了给自己争口气，也得解开这个数字之谜。

不过，话说回来，阿律也真是的，明明可以直接告诉我答案的呀。

这晚我只睡了两个小时，咖啡喝到反胃，薄荷糖吃到想吐，一直在和阿律写的数字较劲。早上起来我使劲揉着困得睁不开的眼睛，对坐在沙发上的洋二说："不好意思，急忙把你叫来。"

洋二轻轻摇了摇头，问我："没事的。你说的急事是什么？"

"你看看这个。"

我从裤子口袋掏出那片纸，递给洋二，说："这是我弟弟昨天写的。"

洋二看着纸片，一副困惑不解的样子："这是什么呀？我不明白，请解释一下吧。"

我点了点头。在解释之前，我先把洋一的代理律师打来电话，要求今天之内出示遗书，否则将起诉的事说了一遍。

"我不是说了没有什么遗书的嘛。"洋二焦虑起来，又开始不断地抖着腿。

"您不要紧张。"

"果然你不能胜任。我还是另找律师吧。"

“当然可以，”我心平气和地说，“不过，恳请你一定要先听我把话说完。”

洋二犹豫了一会儿，不情愿地点了点头。阿律敲击键盘的声音听起来格外清晰。我努力让自己冷静下来，开始慢慢讲起。

“昨晚，一整晚我都在数猫咖啡馆里的藏书，独自一人哦。”最后这句我是故意说给阿律听的，以示我的不满。可是阿律专注地对着电脑，完全没有理会，连头都没抬一下。

“累死我了。一共是三千二百六十九册。可是，三千二百六十九这个数字和纸片上写的数字没有对上，刚开始我沮丧极了。”我苦笑了一下。

洋二的脸上也没有任何表情。

“我是特别认真数的，因为我推测这个数字应该和书有关，自己觉得很有把握。”

“堂下先生，你到底想说什么？我完全……”洋二说到一半，我就打断了他，继续说，“后来我仔细想想，发现书架上不仅有漫画书，还有一些杂志和文库本的书籍。于是，我把这些漫画书之外的书又数了一遍，一共是八十一本。从总数中减去这个数，是……”

“三千一百八十八。”

洋二脱口而出，说出了答案，似乎他的心算能力很厉害。我点了点头，继续说：“您看看这个纸片上写的，箭头从‘3187’指向‘3188’。这个意思是说，漫画书多了一本。”

咖啡馆的藏书量，就连漫画狂热粉的姨夫自己都说不清。可是，不知阿律是什么时候数的，众多藏书中只多了一本，也没逃过他的眼睛。

“新增加的到底是哪一本呢?”

我逼视着洋二的眼睛，继续说道：“想明白这一点，可是费了老大的劲。从三千多本书中找出一本，我真不知该从何入手。不过，困顿的我突然回想起那天的一幕。你，开口问我免费咨询的事之前，是站在梯子上的。你还记得不，当时从书架上掉下来很多书。”

洋二不敢看我，故意把眼神移开，逃避我的视线。

“遗书如果藏在家里，可能会被哥嫂找到，你有所担心。于是，你把遗书夹在漫画书中带到店里来。你回忆一下，当时你背着一个双肩背的包，从咖啡店走到事务所后就坐在你现在这个位子上，包的拉锁一直是开着的。应该是你从包里拿出漫画书后忘了拉上拉锁。当时，你是故意把店里的书弄掉下来，然后趁着把书归位，塞进了自己拿来的那本。我分析得对吗?”

“你这是在审问我吗?”洋二用充满敌意的目光看着我，说，“你不是警察，是律师，是我聘请的律师。难道你不应该积极维护我吗?”

“我绝不是要审问你，”我尽量用安抚的口吻回答道。可是洋二已然极其愤怒：“不用你操心。”说着就从沙发上起身准备离开。就在这时，只听阿律突然说道：“今天的逃避，需要明天付出更大的勇气来弥补。”

洋二愣在那里，盯着阿律。过了好一会儿，好像泄了气似的，嘴里嘟嘟囔囔地念叨："这是《ANGEL VOICE》[1]里的话吧。"

"回答正确。"阿律淡淡地说。

"洋二，你坐下。"心灰意冷的洋二听我叫他，便顺从地坐了下来。

"藏的地方的确很妙。咖啡店里的书架，而且是最上面一层。那里一般只放一些特别的书或者是不太受欢迎的书。除非极个别漫画狂热粉，不会有人搬梯子爬到那么高的地方去找书。而且，你随时可以来店里，找个机会就能把东西取走，对吧？"

"你胡说什么呀？"

洋二的声音有些颤抖。

"即便如此，你还是不太放心，"我完全不顾他的感受继续说，"你担心会不会被发现，也担心书架上的书会被清理掉，所以，——我姨夫，哦，对了，咖啡店的老板是我姨夫，你不知道吧？"

洋二轻轻摇了一下头。

"你还记得吗？你当时问我姨夫，说书架最上层从里边那一端往外数第七本到底是不是'佛域'系列的书，还有没有其他续集。"

听到这里，洋二又开始抖腿了。

"我和你一起离开事务所时，刚好姨夫就站在书架那里。

① 一种同人志小说。

我想即便当时不在跟前，你也一定会去找姨夫问同样的问题，对吧?”

“你是说那本书是我的？别胡说了，太搞笑了吧?”

“不是，那本书是店里的藏书。”

“那你到底想说什么?”

他的语气突然强硬起来，眼睛瞪得老大，恨不得扑上来吃了我。

“你说了从里侧数第七本，但是一般大家都会从最边的那本按顺序往下看。你当时这么做，是想考验一下我们的观察力对吧?”

我逼视着他，洋二不自觉地把眼睛看向别处，腿抖得更快了。

“如果能分辨得出店里的藏书，那么当时马上就会察觉到。因为你指的那本书的旁边那一册——也就是第六本，处在最容易被人发现的位置。当时要是有人发现了，你只要说自己不小心弄错了把自己的书放了进去，然后收回就行了。可是，作为店主的我姨夫，还有我，都未察觉到任何不同。”

此时的洋二快哭出来了。他真是一个很好懂的人，或许他根本就是一个不会说谎的人。

“你当时还问了我姨夫，店里的书会不会定期处理或换新。听说年末大扫除时才整理，平时不弄，你才放心地走了。”

洋二听到这里，情绪非常激动，呼吸也急促起来。两眼呆滞地盯着咖啡桌的玻璃桌面。

“阿律呀，”我转过身看着阿律说，“辛苦你去把‘佛域’第一册左侧的书拿来吧。”

阿律默默起身，用他那奇特的顺手顺脚的方式走向咖啡馆那边。在阿律回来之前，洋二一直耷拉着脑袋，精神紧张地抖着腿。

阿律拿回来的是木村和昭的漫画书《和妈妈一起》。

“这种漫画，我没见过，不是我的。”洋二用小得不能再小的声音说。

“你还记得我弟弟阿律说闻到甘茶香的事吗？”

看他没有任何反应，我继续说：“你守夜之后，洗了澡换了衣服对吧？那么，那个香味应该不是你身上的，而是你拿的东西上带的味儿。”

洋二将两只胳膊肘支在大腿上，低着头。

“甘茶香是你母亲特别定制的，守夜时葬礼公司的社长亲手交给你的对吧？而且你的母亲曾对洋一说过，等她死了一切就都明了了。我这才意识到，甘茶香是遗书上带有的味儿，因为遗书一直是放在甘茶香的盒子里的。”

洋二低头捂着脸，不住地摇着头。

“你母亲坚信洋一会为她守夜。然而，事与愿违，反倒害得你看到了你根本不想看到的东西。”

呜呜的哽咽声从洋二的指缝间漏了出来。

阿律把手中拿的漫画书放到鼻子跟前，抽着鼻子使劲闻了闻。

“嗯，闻到了。”

我把漫画书接过来，哗啦啦地把书页翻了一遍。可是书里没有夹任何东西。

我打开书皮一看，书皮上用胶带粘着一张便笺。

我正准备打开对折着的便笺，洋二突然探身过来想夺走便笺。好危险，险些被他抢了去。

洋二绝望的表情，简直可以用悲伤至极来形容。我一直觉得喜欢漫画的洋二为人谦和，心地善良，也正因为如此，看到他这样，我越发觉得失望。不过，这也是情理之中的事。洋二一定是觉得屈辱至极才会这样的吧。父亲的遗产，洋二是自愿放弃的。可是，为了照顾母亲，自己舍弃了一切，母亲却依旧完全无视洋二的付出，竟然写下遗书要把遗产都给洋一。我想，再善良的人被如此伤害，不想报一箭之仇也是不可能的。

因此，绝不能责怪洋二，我默默地在心里规劝自己。

“不要打开看，”洋二带着哭声恳请道，“不要给任何人看，拜托您了！”说着他深深鞠了一躬。

“那不可能，”我断然拒绝了他。可是洋二还是泪流满面地一个劲儿地诉说着他不愿把遗书公开的心愿，简直就像个不懂事的孩子。

“隐藏证据，是万万不可以的。”

“求求您了，想想办法。行行好吧，拜托您了！”

“醒醒吧！”我告诫他，“我作为一名律师，是不可能在法庭上作伪证的。”

“那，我就换个律师呀！”

“洋二！”我不由得大喝了他一声。

洋二胖胖的身体像受到了重击似的猛地颤动了一下。

我做了一个深呼吸，努力平静心情，用尽可能平缓的语气说：“我这样说可能有点失礼，你现在的这个样子，真的很丢人了。”

“可是，那样的遗书，那样的遗书……”

洋二努力抑制自己不要哭出声来，浑身微微颤抖着。

我完全无视他的抽泣，小心翼翼地打开那张折得整整齐齐的便笺。遗书是用行书体写的，字迹如行云流水般飘逸流畅，笔锋有力。

刚看了几个字，我就意识到了自己行为的肤浅。

遗书整体行文规整，是亲笔书写的，完全符合有效认定的标准。

遗书的内容：遗产的三分之二由洋二继承，剩余三分之一赠予孙子，也就是洋一的儿子。并且明确指出，在孙子成人之前，这部分遗产由洋二全权管理。

也就是说，被狠狠伤害的不是洋二，而是哥哥洋一。

是洋一被完全剥夺了遗产继承权。

看着震惊不已的我，洋二说，他自己读到这份遗书时也蒙了好久，搞不清母亲的真实想法。整个晚上，对着母亲的灵柩，他不知问了母亲多少次。

洋二觉得有一点是完全可以肯定的。那就是，遗书的内容不合情不合理。

虽然母亲把全部的爱倾注给了哥哥洋一，洋一却对母亲极其冷漠，丝毫没有回报过母亲。可洋二觉得彻底剥夺洋一的继承权，也还是有些过头了。

“那么，”洋二说，“哥嫂夫妇一定会认为是我给母亲灌了迷魂汤，让母亲写了这份对我有利的遗书。不论我怎么解释，他们也绝对不会相信的。”

他不想因为自己受益，而招致哥嫂怨恨。洋二不愿兄弟反目，他想和和气气地平分遗产。

我决定要帮他完成心愿。可是，这样隐藏遗书，就当没有过遗书，是万万不行的。

“我们又不是在做坏事。”

“法律规定，谎言就是谎言，与善恶无关。法律只关心虚假还是真实，仅此而已。”

洋二好像不能理解，不高兴地噘着嘴。

“我明白你的心情。可是，如果把遗书藏起来，就等于侵犯了洋一的合法权益。你呢，也会为此失去遗产继承权。”

“你胡说什么呢?”洋二愤怒地大喊一声，声音都嘶哑了，“侵犯权利？别胡扯了，你不是都读了遗书吗?”

洋二摊开双手，示意他完全搞不清状况。他说：“就目前情况来说，哥哥是拿不到遗产的。可是，我愿意分一半给他呀。”

“你是为了你哥哥，才把遗书藏起来的，这一点我知道。

可是，法律不是这么简单的，所有因素都要被考虑进去。”

“什么意思？我听不懂。”

我用眼神向坐在桌边的阿律求助：“这个，嗯，叫那个什么来着？啊，阿律！”

“法律上叫双重故意。”阿律面无表情地、公事公办地回答道。

阿律这家伙，真是问不倒呀。

“对对对，就是这个，是民法第……”

“依据民法第八百九十一条五号，”阿律继续说道，“伪造、篡改、毁坏、隐匿遗书都会被剥夺遗产继承权。”

“对，就是这个。”

“不过，”阿律说，“平成九年一月二十八日最高法院曾裁决过一个案例，不以谋取不正当利益为目的的隐匿行为，不属于剥夺遗产继承权的行为范畴。”

“对，我想起来了，的确如此。”

我极力想维护一下我的面子，尽可能保持着微笑，凑到洋二跟前说：“你把遗书藏起来，当然不是为了谋取不正当利益。不过，如果继续隐藏下去的话，洋一就不能申请最低继承份额。不论遗书的内容如何，洋一都有继承遗产总额四分之一的权利。这在法律上叫最低继承权。你的这个案例，该权利的时效期是十年。”

“你等等！我把遗书藏起来，是为了分给我哥哥一半的遗产呀，”他很不耐烦地说，“四分之一的继承权失不失效，无所谓呀。”

“即便是现实中没有关系，可法律层面上，权利就是权利，不因有无关系而不同。对方的律师可非同一般，他们一定会起诉你，说你侵害了哥哥最低继承权的申请权。如果是那样的话，你有可能失去合法的继承权。”

“这简直太莫名其妙了。”

“这就是法律，”我非常耐心地解释道，“不论什么权利，只要被侵犯了，原则上法律都是不允许的。”

“可是刚才你弟弟不是说了吗？只要不以谋取不合理利益为目的，隐藏遗书也没失去继承权，最高法院不是曾这样裁决过吗？”

“是的，的确如此。”

“那，我也可以那样呀。”

“有可能行，也有可能不行，”我故意停顿了一下，然后继续说，“作为案例，最高法院的裁决有着非常重要的意义。但是，不是说以后所有的相关裁决都要遵循这个案例，一切裁决取决于法官的判断。因此，作为你的律师，我不可能让你去冒这种风险。”

“我没有任何储蓄，所以我需要一些钱。不过，也不用太多。有了钱，我就可以少打一点儿工，就可以有时间画漫画了。只要让我有时间画漫画，我就满足了。我只有这一点要求。”

“我建议你先按遗书继承所有遗产，然后再分一半给哥哥。这样，不是很简单吗？”

洋二苦笑着摇摇头，说：“那会重重伤害到哥哥的自尊心。让他从我这个他从来都瞧不起的弟弟手里要钱，是万万不行的。”

难道他不应该恨他哥哥吗？为什么他还能如此替哥哥着想呢？太善良了，洋二呀，你是多么善良的一个人！

“我该怎么办呢?”洋二垂头丧气，满脸愁容，唉声叹气。

“人一生中总是不可避免地会伤害他人或被别人伤害，”我试图安慰他说，“逃避是没用的。我跟你说哦，现在最最重要的，是遵从你母亲的遗愿。我们还是履行遗嘱吧。”

洋二耷拉着脑袋，坚定地摇摇头。

“我觉得，母亲一定是想借我的手报复哥哥，”说着，他抬起了头，双眉紧蹙的脸上透出无尽的苦恼、困顿和迷茫。

“我再也不愿受母亲的摆布了。”

“洋二君……”

“母亲之爱，”阿律又突然插嘴说，“与其说是爱儿子，不如说爱的是儿子身上自己的影子。这是德国哲学家尼采的话。”

“你说什么呢，阿律！”我狠狠瞪了阿律一眼，然后转头对洋二说，“洋二，你不能那样想。你母亲是感谢你无微不至的照顾，是因为爱你，才写了这份遗书。你应该相信你的母亲，她不是为了别人，她这样做完全是为了你。你一定要这样想。”

洋二看着我的眼睛，说：“爱，只有一个法则，那就是让爱的人幸福。”

“嗯?”

“这是之前阿律君告诉我的名言。现在看来，妈妈对哥哥的爱，应该也不是真的爱。归根结底，妈妈只爱她自己，她是一个不会爱任何人的人。”

事实也许如此，可是这样想，对洋二没有任何益处。一直以来，洋二是孤独的，他倾诉内心情感的对象只有漫画。

“洋二呀，”我劝道，“你刚才说的话，其实根本不是你内心所想。不然，你早就把遗书烧了或扔了。”

洋二被我看透了内心，故意躲开我的目光。

“所谓爱，其实是渴望被爱，”阿律插了一句，“这是约翰·列侬的名言。”

洋二转头看向阿律。望着洋二的侧面，我说：“你渴望母亲的爱，你母亲希望得到洋一的爱。其实并不仅限于男女之间，爱的不平等在父母和子女之间也是存在的。”

“爱是一种创造，不是被动的情感，”阿律又插嘴说，“这是德国心理学家埃里希·弗罗姆的名言。”

“理想的爱，当然是一种平等的相亲相爱的状态，”我接着阿律的话继续说道，“可是，现实生活中的爱，往往不是这样的。埃里希·弗罗姆说的是，爱的本质不是渴望被爱的情感，更重要的是爱他人的行动。如果你一直陷于为何自己无法得到母爱这一情感困顿中，那你可能也将重蹈你母亲的覆辙。我们不清楚你母亲是何种心境、是如何想的，可是这些并不重要。你努力去爱过你的母亲、爱过你的哥哥，即便对方完全没有懂过你的心，你也没有任何好遗憾的。因为只要你没有失去那颗爱人之心，你的人生就是充满爱的一生。洋二，你是一个有能力获得一生幸福的人。我坚信!”

洋二有些不解的神情，好像是在慢慢消化我说的话似的，不住地点着头。

“那我现在就给对方律师打电话，告诉他们找到遗书了哦。”

听我说话的语气如此坚定，洋二双目紧闭，使劲咬着嘴唇，一言不发。

“不能再回避这个问题了，”我说，“你挺直腰杆，坦坦荡荡地面对你哥哥，好好谈谈吧。我会全程陪着你的。”

“我也是。”虽然脸上没有什么表情，阿律也紧跟着补了一句。

洋二缓缓睁开眼睛，一会儿看看我，一会儿看看阿律，慢慢地脸上露出了一丝笑容。

“好。”他点点头，看向窗外，掏出口袋中的电话。

“喂?”

“哥哥，我们谈谈吧。”

“哎，阿律!”我坐在窗边眺望着星空，叫了一声阿律。

房间里并排铺着两套被褥，阿律此时已经换好了睡衣，肚子上搭着一条毛巾被躺下了。蚊香好闻的气味不断地钻进鼻孔，小姨和姨夫隐隐约约的说话声不时从走廊对面传来。

“你还记得吗，母亲临终前在病房说的话?”阿律仰卧着，手里举着漫画书，一边看一边漫不经心地说。

“嗯，记得。”我说。

马路对面传来一声猫叫，这边的猫仔小黑好像回应似的，也喵了一声。小黑一直卧在阿律身边，挑衅似的不停地用爪子抓挠着阿律的头发，阿律好像完全没感觉，不理睬它。

“最不应该依赖之人，”阿律一边翻看着漫画书，一边说，“也是我们最应该摆脱之人，就是母亲。”

“这又是谁的名言？”

“作家 D. C. 菲舍。”

“哦噢。”

“哥，”阿律放下漫画书坐了起来，阿律的起身让小黑误以为它的挑衅成功了，一下子来了精神，摆好姿势准备应战阿律，阿律敏捷地伸手抓住小黑，把它抱到怀里，揉搓着它的脑袋说，“咱们下一盘棋吧。”

“现在？”

“嗯。”

“没意思，反正我永远都赢不了。”

“承认自己是弱者，发自内心地接受、面对这个现实，你才能真正看懂他人，了解社会，才能领会文学作品的精髓，才能体会人生的真谛。”

“什么？”

“这是作家远藤周作说的。”

“你这家伙，是在讽刺挖苦我呀。”

阿律的嘴角微微上扬了一下。

“那就来一盘，敢小瞧我?!”

“快点，把棋盘拿出来。”

哎哎，你把你的哥哥当什么使唤呢?

我刚起身准备离开窗边，突然一声巨响传来。我下意识地转身从窗户探出头去，只见夜空中绽放着一朵巨大的绚丽耀眼的花朵。

“阿律，快来看，放烟花呢。”

阿律一骨碌爬了起来。

我让抱着小黑的阿律坐到窗边，自己也并肩坐下，一起仰望夜空。每一次的烟花腾空，我都惊呼不已，阿律则静静地欣赏烟花的怒放。

听闻我的声音，小姨夫妇也走进房来。“噢哟，放烟花呢！这也是夏日的一种风情呀。”姨夫连连惊呼，像个孩子。小姨也仿佛回到少女时代，不住地尖叫：“哇啊，好美哦!”

破旧的房屋，狭小的窗台，局促拥挤，还有些闷热，可一家人其乐融融，一起仰望着夏日美丽的夜空。

那一刻，夜空变得温暖而美丽了起来。

第四章　难缠的被告与噪声纠纷

“你是不是从三年前开始接受最低生活保障的?”

被告人惠比寿不二男一副吊儿郎当的样子，缩着脑袋，张着嘴，嘿嘿嘿一个劲儿地傻笑，完全不理会我的提问。

这里是东京地方法院的小法庭。这是我作为法律援助律师的首次亮相，是无数次落选之后的第一次中选，因此我斗志格外昂扬。可是，旁听席上空空荡荡没有几个人，法官也无聊得一个劲儿想打哈欠，最最关键的被告人只会傻笑，搞得我也泄了气。

“你为什么申请的低保呢?”

“那个，嗯，我付院，那个什么……”

也许是因为嘴合不拢，或许是门牙几乎掉光了的缘故，惠比寿吐字不清，说话漏气。

“你是因为动脉瘤住院的对吧?”

“啊，对，说是血管怎么了。”

“你肝脏也不好，对吧?”

“什么？啊，是，医生给我开了药。”

“具体是什么病名？”

“嗯，什么来着，那个……？”

“是肝硬化吗？”

“啊，对。”

“医生的诊断书上说你有严重的椎间盘突出，情况怎么样？”

“锥尖？”

“你不是腰不好吗？”

在我的怒视之下，惠比寿不走心地“嗯，啊”应答着，一个劲儿地傻笑。

在拘留所面谈时，明明跟他讲了很多遍，谈论病情是为了争取酌情减刑。可现在算怎么回事呀？现场情况被他搅得一塌糊涂！

被告人如此，让人怎么替他辩护?！我强忍着，才让自己没有唉声叹气。虽说被告人已经全面认罪，也完全没有与检察官争辩的意愿，甚至对减轻处罚也不抱任何期许，但是遵循制度要求，必须为他提供免费的律师服务。原本这就是一场无须律师辩护的审判。可是，对我而言，这一切却很珍贵，因为我已经好久没上法庭给人辩护了。刚开始我还是很想大干一场的，现在才明白自己真是傻透了。

我努力调整了一下心情，然后对惠比寿说：“你因为疾病不能像正常人一样工作，每天都很焦虑、很烦躁，对今后的生活也有很多不安。当时，你处于这种巨大的精神压力之下，根本无法做出冷静正确的判断。加之你有前科，对警察有种莫名的恐惧，害怕警察询问，担心对改过自新造成不好的影响，所以当时第一反应就是逃跑。加之你又喝了酒，脑子一片空白，情急之下，才咬了警察。对吗?”

惠比寿使劲挠着已经花白了的头发说：“都这把年纪了，还说什么改过自新，不可能了，不可能了。今后的事，想也没辙。”他嘿嘿地笑着继续说：“我就是想买毒品嘛，其实当时就知道自己要‘坏菜’了。”

我没能忍住，深深地叹了一口气。“我说完了。”我故意大声地说道，斜了一眼挠头傻笑的被告，回到律师席。

弟弟阿律依旧是一脸平静，腰杆挺得笔直端坐在律师席上。每次来法庭辩护，我都会让阿律作为特邀辩护人和我一起来。阿律虽然没有律师资格证，可是法律知识却胜我一筹，关键时刻能帮上我，是我怀中藏着的一把匕首，我的秘密武器。

“这次真没必要带你来，”我凑近阿律小声说，“是不是很无聊?”

阿律眼睛直视前方，面无表情地摇摇头说：“不无聊呀，只要和哥哥在一起。”

哎呀呀，不要这么直白好吧。可是，听弟弟这么说，我的脸上还是不由得笑开了花。平时任性的弟弟，说这种话时一点儿不觉得不好意思，还是很可爱的。只要有阿律在身边，我就有底气，所以总是会带上他。只是，我嘴上一直不肯承认罢了。

我重新把目光转回到法庭。庭上那位身穿高档西装的年轻检察官正在极尽讥讽挖苦之能事，不住地向被告人发问。

“你现在是不是在享受最低生活保障？”

“啊，嗯。”

“每个月能领多少钱？”

“嗯，十五万日元吧。”

“十五万，那么多？”检察官故意把眼睛瞪得老大，夸张地摇着头说，“所以，你才每天有钱喝酒呀。”

“啊，嗯。”

“你每天喝多少酒？”

“嗯，啤酒两三罐，日本酒两三合①吧。”

“海量呀，你每天都喝这么多吗？”

“嗯，差不多。”

“那买酒的钱可不是小数目呀。”

“没有，我为了喝酒，饿着肚子几乎不吃饭。”

“你是说你连饭都不吃，整天光喝酒？”

“嗯。”惠比寿回答得很有情绪。

“那你就不能忍着不喝酒吗？”

“嘿嘿嘿，那可不行。”他说着又嘿嘿傻笑起来。

“不行？”

“嗯，是的。”

---

① 1合相当于1/10升，大约等于100毫升，也就是二两。

惠比寿一边使劲挠头一边嘿嘿傻笑。真是的，就知道傻笑，这个大叔呀！

“你治疗肝病以及其他疾病的费用是怎么支付的？”

“那个，政府替我……”

“是政府替你支付所有医疗费？”

“嗯，是的。”

“你活得挺好呀，真有范儿。所以，你才能够每天沉溺于酒中呀。”

“嗯，啊。”

“你这样酗酒，不是等于把治疗费往水里扔吗？你知道吗，政府的钱也是来自税金，是大家的辛苦钱。你却用这些钱去酗酒、去买毒品，难道你不觉得羞愧吗?！你把老百姓的血汗钱当什么了？”

“啊……”

惠比寿无心地答了一句，开始用小拇指抠鼻子了。真是对牛弹琴呀！这世上还真有他这种刀枪不入、说什么都不理会的人呀。

“你，有没有觉得自己这样活着很无耻？”

“……”

“你就算被关进监狱，也只是换个地方继续嗑药吧？”

“我以后不了。”

“那酒呢？”

“也要戒。”

“上一次你被抓时，也是这样说的吧？上上一次，还有上上上一次，已经无数次了吧？”

检察官的话有一种痛打落水狗的架势。

“你到底打算什么时候开始真正戒酒呢？”

“就现在。”

我实在听不下去了，也不忍直视，用手挡住了眼睛。

拜托，现在是随便说说就行的时候吗？如此低劣的谎言，谁会信呀?！唉，机会就这样被断送了！

被告人惠比寿不二男，昭和三十八年(1963)生，时年五十岁。土生土长的栃木县人。初中毕业后，当过汽车修理工、游戏厅弹子房的店员、报纸推销员、夜店店员，换过很多工作，最后成了黑社会成员。有八次前科，其中涉毒违法三次，醉酒后施暴致伤两次，盗窃三次——偷盗的都是酒类物品。他是个连父母兄弟都不愿再管的、无可救药的人。他离过一次婚，目前单身一人。因为干什么都干不长，还酗酒赌博，动不动就对妻子拳打脚踢，妻子失望至极，最终离他而去——那已经是十五年前的事了。离婚时，儿子只有三岁。那之后他就再也没有见过儿子。

这次被抓是因为妨碍公务执行。当时，惠比寿在涩谷的小路上正准备和毒贩接头，被便衣警察抓了现行，他试图逃脱缉捕，竟然还咬了警官的胳膊。

当时检查他的随身物品，并没有发现毒品，只是一堆注射器，整整一盒，有一百二十支。他的干劲儿可以呀！一百二十支，这是准备要注射多少毒品呀，我的惠比寿先生！

当时毒品在毒贩手中，毒贩作为违犯毒品取缔法的现行犯当场被抓。惠比寿则因非法购买注射器被起诉。当时由于他并没有携带毒品，尿检也呈阴性，住的地方也没有搜到任何毒品，加上他本人只承认私自购买注射器一事，因此起诉的罪行未予以认定。他目前被羁押的罪名仅是妨碍公务。如果仅此一罪，量刑在半年到一年之间。若能获得酌情减刑，也许有机会缓期执行。因此，我在拘留所和他面谈时，建议他强烈申述两点：一、深受疾病困扰。二、改过自新的意愿。没承想，惠比寿断然拒绝了我的提议，竟然说待在监狱里更轻松。我侥幸地以为到了法庭他说不定会临时改变主意，因此对他还抱有一丝幻想。唉，看来他是真的觉得监狱里好呀。多么可悲的人生！这样的人，还可能重新做人吗？

法庭上，检察官开始做最后陈述，请求判处被告一年徒刑。我做最后申述时，再次强调了惠比寿的体弱多病，请求酌情减刑。用发蜡将稀少的头发梳理得一丝不乱的法官听完我的申述，开口问惠比寿：“你在夜店干过吧？”

唉，怎么突然想起问这个？

惠比寿也是一头雾水，搞不清状况，茫然地看着法官。

“你和店里的女人是不是关系搞得还不错？”法官意味深长地怪笑道。

法官大人，这好像和本次裁决没有丝毫关系吧！

“没有，我完全没有。”

“哦噢，这样呀？无趣，真无趣。”

这是有趣无趣的事吗？你脑补什么呢，法官大人？

“好吧，算了。”法官大人很扫兴的样子，强忍着差点没打出的哈欠。

“你被各种疾病困扰，一定也不易。要努力尽快治愈才对，”法官说，“你每天光喝酒，只会加重病情。你买酒的钱，那都是老百姓的血汗钱，你是被很多人养着的，也该有所觉悟了，已经是年过半百一把年纪的人了，不是小孩子了。”

惠比寿缩成一团，开始啃起指甲。

像他这种罪行很轻的犯人，又彻底认罪伏法，一般都会当天结案。公审之后等宣判即可。今天的法庭，我根本没有激烈争辩的机会，从头到尾一直松松垮垮，整个一消化不良的感觉。不过，无论结果如何，今天这场辩护能拿七八万日元的报酬，我挺满足的。

法官准备宣布最终裁决了，就在此时，阿律突然大喊一声：“法官大人！”

怎么回事，这是，怎么了？突然什么开关被打开了？阿律，你不是那种能自如在大庭广众之中大声说话的主儿呀。

法官惊讶地看着阿律，我也满脸困惑地盯着阿律。

阿律附耳轻言道：“你请求传唤重要证人，申请延迟结案。”

“什么，你突然这么说，我……”

“你别管，只管申请就行。”

“是你举的手呀。”

“行了，快说吧。”

真让人受不了！

完全搞不清状况，可阿律这么说了一定有他的理由。无奈，我只好起立，向法官申请传唤证人出庭做证。

法官一脸不耐烦的表情，检察官也傲慢至极地提出了异议。

法官果断地驳回异议，询问我道："这个证人很重要吗？"

"是的，应该是的。"

"到底是还是不是？"

"是，很重要，非常重要。"我答道。

"那就应该早点说呀。"

"抱歉。"

法官毫不掩饰地叹了一口气，说："这次就不追究你了，以后要注意哦。"

"知道了，谢谢您。"

"那么，请尽快提交申请吧。检察官，你没有什么异议吧？"

"请等一下，法官。"

检察官依然试图申请驳回我方的请求。法官大手一挥，说："如果有重要证人，传唤出庭做证是必须的。只能再开庭审问一次了。好了，你没有异议了吧？"

年轻傲慢的检察官万分不情愿地点了点头。

最后，法官探身过来，来来回回盯着我和阿律看了好几次，问道："你们俩，到底谁是真正的律师？"

“用发蜡把头发梳得油光光的，那一定是桥爪法官吧？还是老样子呀，果真像他的做派。”丸目大笑起来，之后，用吸管吸溜吸溜地啜饮着冰咖啡说，“在法庭上问人家是不是和夜店女关系好，还真有他的。”

“那个法官，是不是总这样？”

丸目点了点头：“是呀，就那样。看着一副应付差事的样子，总问一些无关紧要甚至不相干的事，好像和一般法官不同。可是，绝不可小瞧了他，该做的事他一点儿不含糊。”

“我说法男呀，”吧台后面的姨夫叫我道，“那个重要证人是个什么样的人？”

我举手做投降状，歪歪脑袋，告诉姨夫我也两眼一抹黑。

“也是哦。”说着姨夫把目光投向阿律，他正在后面的座位那里捋着老猫胖太的毛。

“有个这么能干的弟弟，你也不容易呀，”丸目开心地挤对着我，拍拍我的肩膀说，“你也像阿律的脑瓜那么灵的话，分分钟就知道谜底了。哎，怪可怜的，这哥哥当得。”

他这样说我让我很火大。

“你就好好接受阿律的训练吧。”

算了算了，有个出众非凡的弟弟，就算你再怎么努力也会被人看作是笨蛋的。

“你心里就没有一个谱？可以做证人的大概会是谁？”

我看着姨夫，两手一摊，说：“我完完全全不清楚。被告人也说没有什么人可以替他做证。”我喝了一口冰咖啡，接着说："所以阿律突然提出要申请证人出庭，被告人也吓了一跳。"

"那肯定呀。"丸目在一旁豪爽地哈哈大笑。

"我只好拼命劝说被告人，说这是辩护必不可少的，被告人才勉强同意了。他好像也猜不出要找谁当证人。"

"那你准备怎么做呢？不赶紧提交申请可不行哦。"

"不然这回你就低低头？"姨夫说，"你求阿律直接告诉你，怎么样？"

"阿律只肯给一个提示，"我烦透了，"姨夫，你又不是不知道阿律的脾气。"

姨夫点头道："也是哦。"

"说真的，刚入门的新手律师真敢胡来，"丸目很意外的样子，"不过，其实这才有趣呀，是不？到底结果会怎样，搞得我还蛮期待呢。"

你就是看热闹不嫌事儿大，果然是事不关己呀。我深深地叹了一口气，继续喝我的咖啡。

四只家养的猫和附近的猫在店里大摇大摆自由出入，完全是一副主人的姿态。店里的客人基本上都是熟客，生意说不上有多兴隆。不过，悠扬的古典乐加上喵喵的猫叫声，还有现磨咖啡的香味充盈着整个咖啡馆，别有一番滋味。

"不过，这样也挺好的，"丸目很恣意率性地说，"又可以多出一次庭，这样就可以多拿一天的报酬，这对我们万年缺钱的法男律师来说是个难得的好机会。"

行了吧，还说我呢，你自己不也是一个穷得叮当响的住持嘛。

“你们知道吗？有些狡猾的律师，被选作国家指派的免费律师出庭，每次都故意拖延审判时间。因为报酬是按天计算的，拖得越长就能拿更多的钱。当然，这和私人聘请的律师费没法比，可拉长战线也不失为一种赚钱的窍门。其中的道道多了去了。”丸目说。

“在司法制度改革之前，这种国家指派律师的活儿可不像现在这么有热度吧？”我问道。

“是呀。这种不怎么赚钱的活儿，精英律师们都不愿做，是那些收入还很低的新手律师的重要收入源，而且还能积累经验。等混入精英队列了，干不干完全凭自愿了。现在新增的律师太多了，从新手到老手都排着长队等这份活儿，因此只能靠抽签来选。唉，这个时代也真够呛。”丸目说。

行了吧，要不然像我这样的人怎么能当上律师呢？我不抱怨。

“律师协会的免费法律咨询，现在也很难有机会轮上了？”姨夫问道。

“是呀。”我点点头。

“因为那种咨询变成正式聘请的概率很高，是增加客户的绝好机会。如今，国家指派的活儿基本指望不上，没有增加客户的途径，你让年轻的新人们怎么赚钱呀？”

“所以呀，我说法男，”姨夫突然插话说，“努力宣传自己非常重要。律师也属于服务行业嘛。”

我耳朵已经被这句话磨出老茧了，叹着气拉长声调答道："我——知——道——了。"

"你这个家伙，每次都是嘴上应付我。"

您再怎么说我，也于事无补呀。这世上分两种人，一种是会推销的，还有一种是不会的。我完完全全属于后一类呀，有什么办法？我把头转开，不想再理姨夫了。正在这时，只见大门一开，小咲走了进来。

"喝着咖啡发什么呆？是不是又在这里偷懒呀？"她狠狠地瞪着我说，"不好好干活怎么行！我不是都说了嘛，攒够了三百万结婚的钱，我才会考虑嫁给你哦。"

又来了！每次见面都是这一套，就没点新鲜的？

"万年缺钱的法男律师，怎么可能存得了三百万？"丸目不怀好意地坏笑着说，"咲呀，你说话也太不留情面了。"

"老爸，你不也一样！"

她的矛头转向了别人，我松了一口气。

"你整天不是来和猛叔闲聊，就是追在夜店女的屁股后面，有空就不知道念念经？你这个臭和尚。"

"哈哈，惹了我们小咲，没有你好果子吃。"

没想到开心地大笑起来的姨夫也引火上身，被小咲狠狠白了一眼。一声"猛叔"的高声怒喝，把姨父惊得在吧台后面都不由得后退了一步。

"我可是听阿姨说了，您最近也常常溜出店去，整日在弹子房打游戏呢。"

"哎呀，这个嘛……"

"行了，不许找借口！"

“哦。”姨夫也败了下来。原来混迹黑社会的姨夫，碰上小咲也被杀得片甲不留。厉害，虽然比我小四岁，她战斗起来可是比我强多了。

“真是的，这里的男人们，有一个算一个，都不……”

“咲呀，”丸目用讨好的语气说，“今天语气怎么格外火暴呀？是不是有什么不顺心的事？要不要和爸爸我……”

“烦人！”

气鼓鼓的小咲朝我这边走来，她一屁股坐在我旁边的座位上，对姨夫说：“猛叔，给我来一杯咖啡，要那种超级超级好喝的哦。”

姨夫忙着开始给她冲咖啡。

“真是气死我了。”小咲自言自语地念叨了一句。

“看来还真是有什么事了？”我试探地问了一句。

“我现在不是去一家大医院进修呢嘛，这本来是好事吧？可是那里的护士全都是刁蛮的大妈。啊，气死我了！”

小咲长长地吐了一口气，随手把披散着的栗色长发高高拢起，继续说：“我真想问问她们，为什么要那样刁难人？护士，不是为病人奉献自我的崇高职业吗？明明都是有专业技能的人呀！我们进修的还算好，那些来实习的护校学生被折磨得，有的抑郁失眠，有的被打击得干脆放弃这个工作。可是，那些老护士竟然还在医师面前装好人，个个把自己装扮成对晚辈关爱有加的温柔大姐姐。哦，简直太恐怖了。”

小咲越说越粗声大气起来，语速也噼里啪啦快得像炒蹦豆子似的。

连小咲都说恐怖，想必恐怖指数一定非同一般吧。是不是都像老巫婆那样？

“逆境呀……”后面突然传来阿律的声音，我回头一看，他抱着老猫胖太不知什么时候站到我身后了，“会帮你打开混沌未分的心灵之窗。”

“这是谁的名言？”小咲也转过头看着阿律问道。

“莫里斯·梅特林克，就是《青鸟》的作者，比利时人。”

“哦噢，这样呀。”刚才还怒气冲天的小咲一下子变得平和了许多，脸上又绽开了笑容。

“阿律说话就是有说服力，我的心马上就舒畅了。谢谢你哦，阿律。”

“再愚蠢的人也会批评、指责、抱怨、发牢骚。而且，大多数的蠢人往往会这样做。”我也跟风说了一句名人名言。

“你说什么？!”

小咲狠狠地瞪着我，眼珠子恨不得要瞪出来了。

当然，我也毫不示弱地以眼还眼瞪了回去。

“谁的话来着，阿律？”我故意问道。

“本杰明·富兰克林，美国的政治家，百元美钞上头像的主人。”

“阿法，你这是想找碴吵架吗？”

我和小咲相互瞪着眼珠子，比谁更厉害，两人的鼻子都快贴上了。

“行了行了，你俩差不多就行了哦。”姨父从吧台里探出身来，瞧瞧我，又瞅瞅小咲。要比起谁更会瞪眼，当然没人是姨父的对手，毕竟在黑社会混了那么多年。

“这俩从小打到大，一点儿长进都没有。”

“他俩完完全全就是《猫和老鼠》里的汤姆和杰瑞，”丸目笑着说，“几天不掐架就难受。”

小咲好像压根儿没听见丸目说话似的，完全忽视了她爸爸的存在，直冲冲地向姨父发问：“我姨呢?”

“去送传阅板报了，一直没回来。一定又在哪儿闲聊呢，就知道跑出去偷懒。”

“那也比你去弹子房要钱好!”

被小咲抢白了一句，刚才还吹胡子瞪眼要威风的姨父顿时蔫了下去。

小咲把脸转向我，我不由得一个激灵，下意识地马上进入了备战状态。没想到，她竟然对我说：“有件事想和你商量商量。”搞得我白紧张了，我问：“又是什么事?”

“我进修的医院里有位负责清扫的打零工的阿姨，正为噪声污染的事苦恼呢，你能帮帮她吗?”

“哦，这样呀，你这是有求于我?”

“呆子，我这是在帮你这个穷律师揽活儿呢，你竟然不领情。”

话音未落，我和小咲两人又开始怒目相视了。就在此时，两个快要喷火的目光中间突然冒出一个身影，遮蔽了我们交锋的视线。

“我说你俩，差不多了哦，就算卖我个面子吧。”

“我才不。”

“咲儿，你呢？”

“他怎么样我就怎么样。”

喵呜，阿律怀里的老猫胖太叫了一声，好像连它也在嘲笑我俩的幼稚。

被邻居家噪声困扰的这位主妇叫君塚智子，今年四十三岁。她有一个十八岁的儿子，明年就要参加高考了，丈夫在一家制造公司上班。这是一家大型上市企业，就职以来他一直在总部的技术部门工作，今年春天新年度开始时，突然被派遣到福冈营业部。目前他独自一人在外地工作。

君塚家位于东京近郊的一个幽静小区，时尚的洋房，四周有围墙环绕，大门也是西式的，门口摆放的盆栽怒放着绚丽缤纷的花朵。

我按了好几次门铃，一直没人应答。正不知该怎么办时，突然听到身后有人说话：“您就是那位律师吧？”

回头望去，只见一位妇人手里拿着皮包，肩膀一耸一耸地大口喘着气。

“您是君塚智子吧？”

她对着我点点头，很歉意地鞠躬道歉说：“不好意思，让您久等了。”

“没事的，我们也是刚到。”

“我今天约了去看牙医。时间原本应该是没问题的，可前面病人治疗的时间比预期的长，所以……”

也许是赶路赶得太急，这会儿说话她还有些喘。

“我们真的是刚到，您别介意。”

“抱歉抱歉，我这就开门。”

这个妇人穿着白色上衣，配了一条很素雅的裙子，她身材苗条，黑黑的长发低低地在脖颈处盘了一个髻，看起来有点像严肃的女教师。

“之前我用金属补了一颗大牙，”智子一边开门一边说，“都半个多月了，咬东西还觉得硌。”

“那可不行呀，咬东西费劲，时间长了对身体也不好。”

“是呀，原本想忍忍算了，可最后连肩膀都酸痛得不行了。快，请进！请进！”

在智子的盛情邀请下，我和阿律走进了她家。

“没办法，我只好换个牙医重补了一下。今天只是初诊，看一下牙的情况，原以为用不了多长时间，没想到前面的患者总也看不完。”智子说着蹙起眉头，好像有些焦虑，眼睛也不住地眨了又眨。

“我原想能早早回来，好好准备一下，再接待二位的。”

“您别客气，千万别介意。”

“房间也没好好打扫，也没事先准备好茶水。真是的，越想越生气。我从车站一路小跑着回来，头发都跑乱了，这副样子真是太失礼了。”

智子说着又焦躁起来，眼睛也眨个不停。

看来她是个很敏感、很容易情绪化的人。说不定噪声纠纷的起因与她这样的性格有关。

“我前面的那个患者一会儿这，一会儿那的，太烦人了，一点儿也不考虑后面还有人等着就诊呢，只想自己，真是太让人生气了。”

“自知者不怨人，”阿律很唐突地冒出一句，“荀子——中国大儒学家。”

智子愣了一下，盯着阿律。我赶紧介绍说：“不好意思，他是我的秘书，喜欢名言警句，是个名言控。”

“哦，这样呀。”

“失礼了，我忘了做自我介绍了。”说着我递上了名片。我刚说完自己的名字，阿律就从我背后探出脑袋，面无表情地说“哦，堂下，躺下”，我赶紧打圆场说：“抱歉啊，他还喜欢说笑话。”

智子面露不解，不过很快便示好地微笑着领我们走进了客厅。

房间很宽敞，采光也很好，式样新颖的家具摆放得错落有致。仅此一点，倒也没什么新奇，主要是房间里到处装点着大大小小形形色色的立体模型，使我不由得“啊”地发出了一声惊叹。这些立体模型完美再现了动漫《机动战士高达》的世界。密林激战、白色基地……微缩模型精美得令人咂舌。

“这些都是我丈夫做的。”智子不好意思地解释道。

“这么多全部是您丈夫一人做的？”

我简直不敢相信。模型的每一个细节都做得完美无瑕，细看模型，细节逼真，就连不是高达迷的我，都看得入迷。

“这简直太棒了！”

智子苦笑了一下说：“我也不太懂，我丈夫说这是童心与浪漫的结晶。因为这是他唯一的爱好，我也就随他去折腾了。”

“这模型的品质简直是超一流的。”

“他就是手巧。”智子又苦笑了一下，“受他爸爸的影响，我儿子也喜欢做手办——就是像木偶娃娃那样的东西，和模型很像。不过他快高考了，我现在不太让他做了。”

“太好了，父子俩有共同的爱好。”

“那倒也是，”智子面露难色，“只是家里到处都是模型，已经没地方搁了。”

“阿姨，”阿律突然插嘴，“我可以走近一点儿看吗？”

果然，阿律已经彻底被做工精巧的模型迷住了，兴奋得像个孩子，眼睛里流露出渴望。

“可以呀，你想怎么看就怎么看吧。”

智子话音未落，阿律已经一溜烟地跑到离得最近的一个模型跟前了——那是高达与沙扎比①激战的场面，模型逼真极了。

“不好意思，我们是来工作的，还……”

“没关系的。男人呀，不管多大年龄，永远都喜欢这些东西的。”智子微笑着说，“我才觉得很过意不去呢，大老远地让你们专门跑来。”

智子请我在沙发上坐下，去厨房冲了三杯咖啡，端到茶几上，也在我对面坐了下来。

① 日本知名动画中的两个角色，均为机器人。

“那个，”智子很难张口的样子，忐忑地问，“真的可以免除受理费吗？”

“是的，我可爱的‘发小’发话了，必须的。而且，胜诉后支付的酬金也会给你打折的，放心吧。”

我勉强挤出了一丝微笑。

智子听我们这么说，松了口气，向我行礼致谢说：“儿子马上要高考，开支一下子多出很多。您真是帮了我大忙了。”

“要培养儿子上大学，的确需要很多花费呀。”

“是呀，现在上着各种补习班，一会儿是个别指导，一会儿强化训练，每次都得好几万呢。”智子叹了口气继续说，“想让孩子上好一点儿的私立大学，学费又要比国立大学贵很多。”

不知为何，这时我的脑海里浮现出了小咲的身影。

“您这是怎么了？”

“啊，没事没事。”我慌忙摇头说。我向智子询问：“您开始打零工也是为了孩子吧？”

之前听小咲说过，智子一直没有工作过，是专职主妇，从今年夏天才开始到医院做清扫工。

“对呀，我就是想补贴一点儿家用。”

离家近，上班时间又不长的零工，对主妇而言非常合适。特别是对于家里有考生的是再好不过了。

“那么您说的噪声困扰是……”我切入了正题。听小咲说，智子是从两个星期前开始受噪声折磨的。噪声的源头是邻居家的收音机。每天一大早开始播放，声音之大，简直就像用了扩音器似的。

“我到相关部门去投诉了，人家给我一个测声仪，让我每天监测音量，要持续监测一个月，如果不超过五十分贝，就不能算噪声。可是，这样的折磨竟然还要让我受一个月，我简直无法想象。其实我也找过几个律师咨询，人家都不愿意受理这类纠纷。”

“这种官司费事还不赚钱，所以很多律师都不愿干。”

“是呀，我也是后来才知道的。这种事，警察也不管，我都不知道该怎么办了。偶然一个机会我跟小咲聊天说到这个事，没想到她竟热心肠地替我想办法。她不仅人长得漂亮，性格开朗，工作上也很能干，真是个不错的姑娘呀。”

那个家伙只是表面看起来好罢了。

“得到小咲的好心关照我才请到你们，真是不知该如何感谢你们。”

“哪里话，您客气了。”

我原本就没什么活儿可干，目前境况根本不允许我挑肥拣瘦。帮人其实是帮自己。我坚信这一点。

“每天早上五点开始，”智子说，“这噪声大约持续一个小时，天天如此。”说着说着，智子又开始不住地眨眼睛，“脑子里面嗡嗡直响，搞得我头都要裂开了。那家收音机播放的不是日语，邻居家的丈夫喜欢收听短波频道，每天早上都听。我每天早上都被莫名其妙的外语吵醒，都快疯了。”

“那之前从未有过吗？”

智子摇了摇头。

“邻居是什么样的人家呢?”

“是一对六十多岁的夫妇，姓原口。儿子已经长大成人，好像最近就要结婚了。之前我们邻里一直处得很好，夫妇俩很温和，还不时送点好吃的过来。我以前觉得他们是一对热心肠的夫妇。”

“怎么就突然开始弄出噪声了呢?”

“唉,”智子无奈地叹着气说，“已经两周了。我也去恳求他们把音量关小点，可是他们非坚持说音量不大。搞到最后，反倒像是我有病似的。以前不知他们竟然是这种人。”

“有没有什么诱因呢?”

“没有。”智子很坚定地摇了摇头。

“不论是多么小的事都算，应该有吧。”我有点着急，屁股在椅子上坐不住了，“也许事情小到不足以引起你的注意，或者在你看来压根儿没觉得那是什么事，可是对方有可能就不高兴了。你再想想，有没有这样的事?”

智子把薄薄的双唇紧紧地抿着，用力在脑海中搜索。想了好一会儿，她泄了劲儿似的说：“真的想不出来。”

“那你再想想，别的邻居有没有惹他们不高兴? 或者他们自己有什么私事不顺心?”

一直没有阿律的动静，我不知他在干什么，回头找他，只见阿律腰都弯到九十度了，整个人几乎要扑倒在模型上，看得那叫一个专心致志呀——他已经完全沉浸在高达的世界里了。这边的事他一点儿都没听见。平常在这个节点，往往是他引用名言警句“救场”的时候。

哎，我说，你能不能上点心呀？

“邻居家的儿子呀……”智子忽然说。

“哦，你说过最近打算结婚的？”

智子点点头说：“好像他们想把儿子的新家安在这里。”

“这里？”

“是呀，能和孩子挨着住会比较安心吧。也许他们有了这个想法，就打算把我们赶走，把地再买回去？”

“再买回去？”

“是呀，隔壁的原口家是这里的老住户了，我家这块地原本就是从他家买来的。”

“原来这样呀。”的确，这个也可能成为动机。

“那他们有没有说过希望你们搬走之类的话？”

“那倒没有。不过，之前有一次闲聊，他家的夫人曾说过那么一句，说要是儿子夫妇能住在附近就好了。”

“就是一般闲聊时说的是吧？”

智子有点不好意思地点点头。

“知道了。那么，能不能让我看一下噪声最大的房间呢？”

我站起身，一把抓住阿律的脖领，跟着智子上到了二楼。

夫妇的寝室里并排摆着两个单人床、木纹的衣柜、梳妆台、壁柜，还有若干小的模型和数量众多的高达手办。

阿律的心又被这些模型和手办掠走了。在获得智子的许可后，他把架子上摆得满满的手办逐个拿在手上，仔细端详。

“小心别碰坏或掉地上了哦，这是人家很珍贵的东西。”我说。

“知道知道，啰唆死了。”阿律连头都没回一下。

这个家伙！又怼我，你给我等着。

“我睡的是那边的床。”智子说。

智子指了指靠近阳台那边的床——壁柜这边的床似乎没人睡，床头处随便堆放着一些高达的绒娃娃，智子说那些都是她丈夫从抓娃娃机上抓的。她拉开飘窗上的纱帘，对面邻居家的阳台便一览无余地呈现眼前。阳台上竖着一根两米长的天线。

“那个就是接收短波的天线吗？”

“好像是，”智子很烦躁的样子说，“还正对着卧室，实在受不了！”

智子挽着胳膊，焦虑得不住抓挠着胳膊肘。

“您儿子怎么样呢？”

“什么？”

“不是正准备高考吗？现在可是最关键的时候呀。还有最后十个月，正是提高成绩的关键时期。您儿子也一定感到很困扰吧？”

“儿子原本就是睡觉很死的孩子，地震都摇不醒。再加上每天晚上学到很晚，所以他睡得很沉。儿子的卧室在那一面，也离得远。”

“哦，这样呀。和噪声源是相反方向。”我回头看了看，然后又继续问智子，“那么，别的邻居呢？有没有人也嫌他家吵？”

智子面露难色，说：“大家都说没听见。我不知道他们是真没听见，还是故意抱团统一了口径。”

“统一口径？这又是怎么回事呢？”这个信息太重要了，必须得问清。

“我这样说也许有所冒犯哦，您是不是和邻里相处得都不好呀？”

“没有，绝对没有。”智子紧锁眉头，委屈得使劲咬着下嘴唇。

“原口是自治会的会长，与他相比，我自然处于弱势。”

我觉得智子好像是想多了。不过，邻里相处本来就是很复杂的事，我也不好说什么。

“我们明早会再来一次。实地考察一下噪声的情况，然后再想对策。”

“那是不是太麻烦你们了？一大早劳烦你们跑来。”

“没问题的。倒是我们这样做不知会不会给您添麻烦？”

“哪里话。那就拜托你们了。”

“好，明早五点见。”

“真是太感谢了。”智子说着再次对我们深深地鞠了一躬。

“就放心交给我们吧。”我拍着胸脯信誓旦旦地保证道。我嘴上这么说，其实内心很是苦恼，因为我根本没有找到解决问题的任何线索。

"那个，我说呀，惠比寿证人的事，"从君塚家出来往车站走的路上，我问阿律，"你一定知道什么我不清楚的信息吧。是查阅的文件中出现过的人？或者是惠比寿在说话时提到过的人是不是？"

"哥，你到现在还不明白？"

阿律吃着刚才在路边买的冰棍，用很是瞧不起我的口吻反问道。

"别卖关子了，给我点提醒吧。"

"那，你能给我买一个刚才那样的天线吗？"

原来瞄上那个了！刚才明明对高达模型着迷得要命，怎么又打起了天线的主意？

"买那个有什么用？"

"听收音机呀。"

"听一般的 AM 或 FM，不用买那样的天线。"我说。

"可是……"

"我还是给你买大福年糕吧，那不是你的最爱吗？"

"那要一年份的。"

"别得寸进尺哦。"

"那，就五个。"

"三个。"

"小气鬼！"

"我都给你买三个了，哪里小气了？行了，快说吧。"

"先入为主为罪，固有观念为恶。"

“什么？”

“这是野村克也说的，他曾经是一名职业棒球手。”

我抱着胳膊一边走，一边嘴里反复念叨着这句话，仔细品味其中含义。思前想后，终于想到了一点。

“注射器！对不对？你是不是想说这个？”

“你知道为什么吗？”阿律平静地反问我。

“一次买一百二十个注射器，当然有些可疑。而且，惠比寿他只买了注射器，并没有买毒品。可是，因为他是从毒贩那里买的，我们就一致认定他买注射器是为了注射毒品。这就是先入为主，就是固定思维。”

阿律听到这里，嘴角微微上扬了一下。太好了，看来我说中了一点儿。

“可是，”我有一点儿想不通，“你说，如果不是为了注射毒品，那他为什么买注射器呢？”

“重要的是，我们不应该只看事物的表象，”阿律说，“这是名侦探石川直树说的。”

阿律一边说一边像猫儿那样伸出舌头舔冰棍。

“二十好几的人了，这样吃冰棍不怕人笑话？”我说。

阿律好像完全没听见我的话，反问我说：“注射器是干什么用的？”

“干什么用的？不是注射就是采血了。”

“那他为什么要采血呢？”

“为什么，要检查或献血？”我被逼问得有点急躁起来，“难不成惠比寿有收集血液的癖好，打算要采集一百二十人的血?”

“很遗憾。”

等等，什么遗憾?我接近事实了，不会吧?我不过随口一说，难道真是采血用的?

“惠比寿不是说了嘛，他每天要喝两三罐啤酒，还要喝两三合日本酒，”阿律完全不理会我的惊讶，继续说，“他把吃饭的钱都用来喝酒了，他可是这样一个不喝酒就活不下去的人哦。”

“对呀，所以他的肝脏才坏了呀。即便如此他还是每天喝酒，他就是酒精中毒呀。等等，这和他的事情有什么关系呢?”

“他如果被关进去了就不能喝酒了哦。”

我感觉脑袋被猛击了一下似的，有点蒙。我不由得停下脚步，转身看着阿律。

“我不喝酒，不太懂哦，”阿律平静地继续说，“可是对于一个一天不喝酒就活不下去的人，要他忍受半年甚至一年滴酒不沾的日子，一定比下地狱还要痛苦吧。”

“是呀，就是呀。”我有点兴奋，“一般情况下，肯定是不愿进监狱的。可是，惠比寿却希望自己被关进去的样子。获取酌情量刑的话，说不定可以缓期执行，可是他却故意捣乱，还说什么关进去更轻松之类的话。他一定在说谎。不过，他为什么……”

阿律想要说什么，但是我伸手示意阿律，让他先不要说。“也许，”我一边脑子飞快地思索着，一边说，“他是不愿意我们知道他买注射器的真实原因。他故意诱导我们，让我们认为他就是为了注射毒品，对吧？”

阿律的嘴角又微微上扬了一下。

看来，我又攻克了一关。

“那么，他为什么要买一百二十个注射器呢？等等，你别说哦，让我好好想想。要看事物的本质。不要戴有色眼镜看人……注射器，是用来采血的。那么，用它采自己的血来卖钱吗？不对，当然不对。如果是采自己的血，就没有必要隐瞒呀，再说没事抽自己的血干吗呀。那么，就是要采集一百二十人的血？难道他是……不会不会。总之，按这个思路想的话，他采那么多血要干什么呢？给白血病人输血或者是手术需要输血？”

说到这儿，我瞥了一眼阿律，他的嘴角又微微上扬了一下。难道我说对了？第三关顺利通过？

“那么，就是惠比寿为了救谁的命，要自己采血？”我一边仔细观察着阿律的表情，一边继续往下说。

“做事那么冒失冲动，应该是事情过于紧急，他才有了不太正常的举动。惠比寿想要救的人，就是你打算传唤的证人。”

阿律嘴角微翘，看来我又说中了！

“因此呢，”我进行最后的推理，“就像最初说的那样，你并不是知道什么我没有的信息。也就是说，这个人应该是我们看过的资料中或惠比寿说话时提到过的人。可是，没有听说他有什么喜欢的女人，父母兄弟也不和他来往。那么，就是……”

“就是什么呢?”

“哦，对了，我知道了！是他离异的妻子和儿子!”

我不由得大声喊了出来，招来行人异样的眼光。我不好意思地点头致歉，然后转向阿律继续说：“如果他说出真相，担心给前妻和儿子添麻烦。之前已经很伤害他们了，他不想再给他们添乱。所以，嗜酒如命的他宁肯舍弃酒，也要将谎言进行到底。”

阿律扬了扬嘴角，说：“正确的思考能力是上帝给我们的最好的礼物。这是古希腊三大悲剧家埃斯库罗斯说过的话。”说完，阿律顺手把他舔得干干净净的冰棒棍子递到我面前，我下意识地接了过来。

“哥，咱们这就去见见证人吧。”说完他径直向车站方向走去。望着他像机器人一样行走的背影，我发了好一会儿呆。等我好不容易撵上他，就听他像聊天气似的很不经意地说：“君塚家的噪声呀……”

怎么了？他要说什么呢？我不知为何突然有种不好的预感。

“她家邻居也许没有发出任何噪声哦。”

等等，我这才刚解开一个谜，能不能容我喘口气呀。

十五年前，惠比寿的前妻泽口由美子带着三岁的儿子大辅离开了他。之后她一直靠卖保险独自抚养孩子，如今在荒川区南千住的商业街经营一家小小的花店。

当我们来到位于车站前的花店时，店里只有一个打工的姑娘。

这个年轻的店员告诉了我们事件的经过。

现在还是高中三年级学生的大辅，在路上被刺伤住院了。犯人是个瘾君子，吸食毒品后意识不清，没有缘由地突然袭击了从补习学校出来的大辅。

听她这么一说，我这才想起之前的确有这样的报道，我在电视上看到过。

这恐怖的一幕，就在母亲由美子的眼前发生了。大辅上补习班的时候，由美子总是会开车来接儿子。

犯人当场被抓捕了，除了大辅之外没有别的受害者。刺伤大辅腹部的菜刀有十五厘米长，还好他被及时送到医院，才没有危及生命。

“店长现在每天都去医院，今天也去了。”说到这里，店员的表情不再凝重，她用轻快的语气告诉我们说，“幸亏我们大辅平时总打橄榄球，身体素质好极了，加上年轻，恢复得快得连医生都不敢相信。听说已经无大碍了呢。”

我们向店员打听了医院的地址，立即动身前往医院。

“竟然做出了那么傻的事？还真是他的风格。”由美子无奈地笑了笑。

身材苗条、性格开朗的由美子虽然历尽艰辛，可是从她的脸上一点儿也看不出衰老、疲惫的神情。四十多岁，却显得很年轻。蓝色牛仔裤配一件格子上衣，从她简单朴素的装扮，不难看出她率直的性格。

我们坐在医院内休息室靠窗边的椅子上，窗外射进来的阳光有些刺眼，她微微眯着眼睛："听说我们大辅被刺伤时，碰巧他也在现场。不过，我当时完全不知道。见他很快就大惊失色地跑到医院来，我特别意外。我在现场目睹了一切，当时脑子一片空白。"

"原来是这样呀。"我说。

"我告诉他，大辅失血严重，他竟说要把自己的血全部抽给儿子。"由美子也许是回忆起当时的场景了吧，脸上浮现出柔情。

"他曾经是个很差劲的丈夫，完全没有一点儿当父亲的意识。就是这样一个人，突然跑到我面前，为了救十五年间从未见过面的儿子，竟然连命都不要了，我当时有点不敢相信。那时我脑子也是蒙的，以为一切都是在做梦，并且是一个噩梦。"

由美子自嘲地笑了笑，端起咖啡喝了一口。

"亲人之间不能输血，现在是不是已经是常识了呀？我之前完全不知道。明明说血不够，却不能用我的血，我一下子就上了头，抓住护士一个劲儿地抱怨。"由美子说着爽快地大笑起来，"人家护士耐心地给我解释，宽慰我，我才总算放心了。没想到他来了之后，和我一样，也是拉着护士不放，是不是很可笑呀？我赶紧和护士一起给他解释，他当时也是慌了神了，根本听不进任何话，暴躁地大声嚷嚷：'骗鬼去吧，父母的血不能用，天底下有这样的蠢事吗？把你们的负责人叫出来！’因为闹得不可开交，最后他被保安给架出了医院。我追出去想给他再解释解释，他什么都不肯听，撂下一句‘我去想办法’，就跑了。”

“这样呀。”

“哥，你也不知道这个吧？”阿律突然插嘴说。

“什么？”

“就是亲人之间不能输血的事。”

这个家伙，越是不需要明说的事他越要挑明了说。

“那你知道吗？”

我嘴上不肯服输，话赶话地反问了他一句。当然，我明白阿律不可能不知道。

“亲人之间输血，引发 GVHD 的风险极高，因此不行。”阿律一本正经地解释道。

个子比我高十几厘米呢——这已经让我很恼火了，还敢在我跟前卖弄，真想捶他一顿。

“那，GVHD 是什么呢？”我不服输地追问。

“移植物抗宿主病。”

“什么呀？这是什么？怎么听不懂？”

阿律完全无视我提的问题，继续解释道：“输血一方的淋巴细胞会攻击被输血一方。这种现象和一般情况正好相反。通常，机体会视外来的淋巴细胞为异物，于是免疫系统会进攻消灭它，这样是安全无碍的。可是，亲属之间由于遗传基因过于相似，免疫系统无法识别它，因此外来的淋巴细胞会不断繁殖，最后反客为主，开始进攻毁灭宿主的细胞。”

“对，对，”由美子附和道，“护士也是这么说的，您弟弟好博学哦。”说着，由美子用钦佩的眼神盯着阿律。

“别盯着人家看。”阿律直截了当地说了一句，之后就缩着脖子开始啃指甲。

“又啃指甲！不是跟你说了嘛，不能在外面啃指甲。太丢人了，快别啃了。”

“谁要你啰唆!”

我无奈地叹口气，对由美子说：“不好意思哦，这家伙特害羞。”

“嗯嗯，别介意。我不看你了，别紧张了哦，阿律君。”

阿律好像没听见她说话似的，依然啃着指甲。

“不过，他很少像今天这样，在外人面前说那么多话。这个家伙平时说话都是只言片语的。”

“是吗？那我真是太荣幸了。”

“我觉得他对您好像是愿意敞开心扉的。”

由美子脸上的笑容就像窗外射入的阳光一般温暖明快。我觉得她笑起来很像我们故去的母亲。

“听说您的儿子恢复得很好。”

“是呀。”由美子脸上的笑容更加灿烂了，说，“需要输的血也够了，伤口也比想象的浅，真是万幸呀。恢复得那么快，连医生都觉得不可思议。我儿子除了身体结实以外没别的长处。不过这已经很好了。医生说不用担心有什么后遗症呢。”

我赶紧端正坐姿，对她深深行了一礼说：“很抱歉，在这种时候还打扰您。能恳请您把刚才对我讲的话，在法庭上陈述一遍吗？”

没想到由美子竟然爽快地答应了，丝毫没有犹豫。

“就冲着他要拼命救儿子这一点，我也要感谢他。如果能报答他，我甚至会主动要求去为他做证。”

我抬头看着由美子的笑脸，依然是那么温暖。

“你干吗要把由美子卷进来？怎么这么多事呢！”

惠比寿脸上露出明显的不快。

我让阿律留守事务所，自己一个人来到拘留所。在会面室里，我和惠比寿隔着透明的塑料板相对而坐。

“你到底想怎样？”惠比寿显得很焦躁，“又没人求你这样做，对吧？我已经完全认罪了，求求您，能不能不要多事呀？”

“我想救你，这怎么是多事呢？”

惠比寿万分无奈地摇着头，说：“你那天突然说要传唤证人，我就有不好的预感。不过，转念一想，你应该不知道那么多。我猜你可能打算带我的哪个家人来，没承想你竟……”

惠比寿长长叹了口气，很沮丧地说：“为了我，把他们硬拽到法庭上，一定会给他们带来很大麻烦的。更何况，还在孩子出事的这个当口……”

“大辅已经没事了，你知道吧？”

“我已想办法从拘留所的看守那里打听到了。新闻上也讲了，已经没有生命危险。可是，更重要的是……”

“由美子不觉得这会给他们造成困扰。”

“怎么可能不觉得呢？”惠比寿声嘶力竭地大喊道。他很少这样的。

“你不要激动。”

“这样我怎么能不激动？！真是的！”

“就像你想救大辅的心情一样，由美子也很想救你呀。”

惠比寿深深地吸了一口气，然后又缓缓吐出。刚才的焦虑似乎和呼出的气一起散去了，他一转刚才犀利的口吻，平和地说：“那天我碰巧从那里路过，我是这样告诉由美子的。其实不是那样的。”

“不是那样？”

“我撒谎了。”

“这又是怎么回事呢？”

我从椅子上站了起来，凑近中间的塑料隔板，急切地询问道。

“大概有两三个月了，我一直远远地看着他们。”

“看着？”

“是呀。”他突然好像想通了一切似的，点了点头说，“最初是很偶然的，我是碰巧路过那里，看到了由美子，当时大辅刚好从补习班出来，正准备上他妈妈的车。我们离婚时，儿子只有三岁，还很小。没想到已经长得那么大了，当时我都不敢相信自己的眼睛。”

惠比寿苦笑了一下，轻轻吸了吸鼻子。

“那之后，我就每天在同一个时间去，终于摸清了大辅上补习班的日子。他上课的那天，我一定会去，躲在远处看他们。”

惠比寿深深地叹了一口气，略微沉默了一会儿。我一直没有插话，静静地等着他再开口。过了好一会儿，惠比寿才开始断断续续地讲述起来。

“大辅这孩子，那么小一个家伙，竟然长得比我还要高、还要壮。我虽然不知道他和由美子在说些什么，可是看两人一直笑嘻嘻的，就知道很幸福。我每次看他们，都觉得他们在另外一个世界，一个我永远也无法触及的世界里。您懂吗，我的心情？——我和他们绝无任何交集，我们是两个不同世界里的人。可是，也许就是因为这样，我才更想看到他们的笑脸。”

惠比寿略带自嘲地笑了笑，又吸了吸鼻子：“就这样，我常常好像跟踪狂似的从远处偷偷看着他们。我真心觉得他们离开我是对的，他们过得很幸福，真好！所以，发生那件事时，我心里的感受绝不只是震惊。好不容易他们能幸福地生活了，怎么会发生这样的事呢？为什么被刺伤的非是我家大辅呢？我完全蒙了。”

惠比寿使劲咬着嘴唇，拳头紧紧攥着，好久才长长地吐了一口气，吸了吸鼻子，缓缓地说道：“其实害儿子受伤的，是我。”

“什么？”我一时摸不着头脑，盯着惠比寿问道，“你说什么？”

"我以前自暴自弃的时候，也想过这样在路上刺杀行人，不管他是谁，抓住哪个算哪个。"

"惠比寿，你……"

"还好，我吸食毒品还没有到产生幻觉的程度，原本我又是个胆小的人，所以实际上并没有那样做。现在想想，如果，如果当时我干了的话……"

"可你毕竟还是没有干嘛。"

"就差那么一点点了，"惠比寿直视着我的眼睛说，"我说不定也干了同样的事，说不定我就用这双手刺伤了别人家的宝贝孩子，也许还要了人家的命。"

"你别这样想。"

"我真没脸去见他们母子，他们的生活从一开始就不该有我这个人，这样对他们才好。"

"不是这样的。"

"就该这样。"惠比寿斩钉截铁地说，"我的人生太失败了，已经无法挽回了，我这辈子就这样交待了。所以，求您了，千万别把他们和我扯上关系。"

如果这会儿阿律在的话，一定会针对性地说一句名言警句什么的。可是今天只有我一人，好惭愧，我连一句像样的、能安抚他的话都说不了。没办法，只好想到什么就说什么了。

"只要生命还在，人生就没有完结。"

惠比寿直直地盯着我看，然后慢慢地摇摇头说："不是这样的。没有希望时，人生其实就完结了。只是因为怕死，才苟且地活着。这不是人生，只不过是一具行走的活尸罢了。”

“……”我欲语还休。

第二天一大早，我和阿律在五点之前就赶到君塚家，在二楼的寝室待命。可是，五点过了，也没有听到一点儿噪声——果然像阿律说的那样，根本就没有任何噪声。可是，智子却两手紧紧抱着头，“吵死了，吵死了”，声嘶力竭地喊着。

“很大的噪声对吧？”她痛苦得脸都扭曲了，怒吼着，“头都要被震裂了。”

我满脸困惑，不知所措地盯着智子。

我能听到的只有小鸟的鸣叫声，这里的清晨，连汽车的声音都听不到，安静极了。打破这份宁静的，只有眼前这位女士。只见她两手拼命堵着耳朵，蜷曲着身体，脸上露出痛苦难耐的表情，看起来马上就要晕死过去一般。

“每天早上都这样，每天哦！我已经快要疯了！是不是太过分了？这也太欺负人了！”

她痛苦地翻着眼，寻求我理解的目光，这样的行为让我胆怯。我的眼睛不由得开始找寻阿律。我简直不敢相信我看到的他——一副事不关己的样子，和昨天一样，把模型拿在手上仔细端详着。

这让我觉得，在场的三人中，只有我一人是正常的。

“你怎么能如此平静呢？明明这么吵，”智子的眼神中开始有些不安的感觉，“对不？堂下先生，你是不是也听到了？”

我摇了摇头。她不安的神色加重了，开始有些慌乱。

“不会吧？”智子的声音有些发颤，“为什么？怎么可能呢？不应该是这样的！太奇怪了，这，简直是太奇怪了……”

智子用力堵着耳朵，眼神飘忽不定，开始围着床来来回回走个不停。我想走近她，安抚一下她的焦躁情绪，可智子突然停下脚步，转过头来，眼睛里充满了敌意。

“我明白了！原来是这样呀！”她一边说着，一边狠狠地瞪着我。

“您明白什么了？”我问道。

可是她用力堵住耳朵，根本听不见我说什么。

“你们是一伙儿的，一定是这样的。你们是被原口雇来的，假装帮我，其实都是骗局！那个护士也是你们的同伙。靠她那张可爱的面皮，做出关心我的样子，哼！别把人当傻子哄。”

听她这一通胡言乱语，我愕然。

“你们给我出去，现在！立刻离开我家！”

智子大喊大叫之后，倒在床上，用被子紧紧地包着头。

我手足无措地站在一旁，只能静静地守候着智子。阿律呢，连头都没有回一下，依然盯着那些模型看得津津有味。

哎，你能不能……

没办法，我只能等着智子恢复平静。

我默默地坐在另一张空着的床边，听着从被子里传出来的智子含混不清的呻吟声。时间就这样一点点地流逝着。阿律挨个把架子上的模型拿到手上，细细端详着。真不知他的神经结构是怎么长的。不过，他这种注意力高度集中的能力，确实让我佩服。

过了六点，智子终于慢慢从蒙着的被子下露出了头。

“噪声停止了?”

坐在床上的智子满脸疲惫，有气无力地点了点头。

“您还怀疑我们吗?”

智子的眼睛在我和阿律之间来回游荡了好久，才泄了气似的摇摇头，承认自己错怪了我们。

“不过，”她用嘶哑的声音说，“我真的听到了，不是撒谎。我，真的是听到噪声了。”她试图寻求我们的认同。

疲惫不堪的智子用手掌摩挲着额头。

我蹲下来，仰视着坐在床上的智子，问道：“您要是有什么烦心的事，可以和我们说说，说不定我们能帮上点忙。”

“除了这个噪声，让我烦心的事，”说到这里，智子顿了一下，“也没什么呀。”

“我说阿姨，”手里拿着模型端详的阿律突然张嘴说道，“昨天你不是说过，要把补大牙的金属材质换掉吗?”

智子一头雾水，困惑地看着阿律。然后轻轻摇摇头，很不耐烦地说：“那样的小事，怎么算是烦心事呢?”

“下次约的牙医是什么时间?”

“约的今天傍晚，”她不高兴地说，“现在说这些有什么关系?”

真拿他没辙。这种时候问些有的没的。我为了挽回局面，赶紧问智子："您丈夫从今年春天开始，一个人去福冈的营业部工作了？"

"这和噪声有关吗？"

智子转头看向我。这次她的目光没再移开，一直瞪着我，说："怎么了？你想说什么呢？"

"您丈夫从入职以来一直在总部的技术部门工作，对吧？突然调到外地的小营业部，似乎不是正常的工作调动吧？"

智子的眼神开始有些游离不定起来。我知道，我一定是触及她不想被触及的点了。

"是不是您丈夫正迫于公司压力，面临不得不提早主动离职的问题？"

这是昨天听阿律说可能根本没有噪声之后，我绞尽脑汁推理出来的。

"您愿意和我们开诚布公地谈谈吗？"

从智子的眼神看得出来，她不打算再硬扛了。

"劝退小黑屋，您听说过吧？"智子有气无力地小声说。

我点点头说："公司希望某些员工能主动请辞，但员工不愿意。于是公司就把这样的员工集中在某处，采取一些措施，迫使其不得不辞职。"

"其实我丈夫就是被调到这样的地方去了。"

一旦说出来了，智子好像卸下了千斤重担，开始喋喋不休地说了起来：

"就在仓库的一个角落，搭一个没有窗户的小小的房子。你就像货物一样被塞在里面，要么抄写内部文件，要么打扫仓库，一直做些枯燥的、重复的工作。”她深深叹了一口气，继续说，“有时不给你任何工作，还禁止交谈，一整天就干坐在那里，什么也不让你干。听说还会不停地找你谈话，就是要迫使你主动提出辞职。”智子说完，很疲惫地揉了揉太阳穴。

“现在就业这么难，我丈夫的年龄也不好再找工作了。家里的房贷还没还完，儿子上学也要花钱。所以，即便工资和奖金都被减了不少，也只能赖在现在的公司不走。为了这个家，丈夫每天默默地忍受着地狱般的煎熬。我明明知道这些，却只能装作不知。为了钱，我竟然不顾丈夫的死活呀。这，实在是，实在是太痛苦了。”

“佯装不知?”我有点没明白，“您没有和您丈夫谈过这件事?”

智子很颓丧地摇摇头。

“我丈夫刻意瞒着我们这件事，我也做出没有察觉的样子。他要面子，更主要是不想给家人添堵。在我们面前，还说什么新的项目很有挑战性，强装笑脸。我看着，心实在是太疼了。”

智子抬起头，使劲儿地咬着嘴唇，很伤心地说：“我之前在百货公司遇到丈夫同事的妻子，被她虚情假意地安慰了一番，才知道的。”

智子开始打零工也是受这件事的影响吧。毕竟是别人的事，我不好多说什么。

“我明白你的意思，”智子说，“我自己也知道，我目前的精神状态很不好，最近总是冲着儿子乱发火。可是，我就这样焦虑着、煎熬着，也没有什么好的解决办法。”

智子的声音中明显带着哭腔，吸了吸鼻子。就在这时，门突然打开了，门外站着一个身材瘦小的青年。

“祐马，你……”

门口站着的是智子的独生子祐马。他应该在外面听到了刚才的谈话。他对满脸惊愕的母亲说：“我不上大学就行了。”

“胡说什么呢？”

“我知道咱家现在经济不宽裕。”

“刚才的话，你都听到了？”

“听到没听到的都无所谓，”祐马有些焦躁，“我知道爸爸妈妈都不容易，我还没有迟钝到那个地步。我原本也不爱学习，只能考上一所谁都能上的大学。那种大学毕了业也找不到好工作，根本就是浪费钱和时间。”

“不是那样的，你只要好好努力，一定能上一所好大学的。”

“我不想把精力浪费在没意义的事情上。”祐马坚定的口吻，令妈妈智子一句话也说不出来。

“我在家根本没有为高考做准备，我只是装作在学习。每天晚上我做手办都做到大半夜。”

不知道是因为太过于吃惊还是气过了头，智子张开嘴，却一句话也没说出来。

“我，就喜欢做手办，喜欢做模型。”祐马说，“有一家做模型的小公司，是自产自销的一个小型制作所……”

“等等，祐马，我不是跟你说了嘛，跟其他相比，现在……”

“你先听我说完，”祐马打断了母亲的话，继续说，“那家公司虽然规模很小，可是在模型这个领域享誉全球，还有好多外国的订单。之前我去过一次，把自己做的手办拿去了，对方说只要我高中一毕业，就可以聘用我。”

“不行，我决不允许。”这次智子的语气非常强硬，“不管是什么样的大学，至少要大学毕业，不然将来……”

“时代不同了，”祐马不耐烦地说，“要努力的话，至少应该在自己喜欢的地方努力。我希望自己的能力被认可，我想靠自己的本事吃饭。我想尽可能早一点儿开始学习专业知识，掌握更高的技术。我不想上大学，不愿意再浪费四年时间。”

“说什么浪费时间……”智子明显也犹豫了，“可是大学毕业，你也许可以进更大的公司呀。”

祐马无奈地苦笑一声，说：“你看看我爸吧。公司越大，员工就越没有存在感。只要不符合公司调整策略，再有能力也是说裁就裁。难道不是吗？一直为公司兢兢业业地工作，突然就被裁退了，太差劲了。你的人生不由你自己做主，完全被公司左右。我可不想过这样的人生。”

也许是被戳到了最痛处，智子再也没说一句话。

“不论你选择怎样的人生，”阿律这时突然插了一句，“都不可能一直顺风顺水。人生不是由开始决定的，关键看你如何把选择的路走下去。”

大家把目光转向手里拿着机动战士手办的阿律身上。

“这是谁的名言?”我问道。

“《怪怪的老婆》的作者武良布枝说的。”

好像在细细品味这句话的含义，智子和祐马若有所思，一言不发。

“总之,”我来回看了看智子和祐马说，“到目前为止，你们一家人都在拼命地为对方着想，却顾忌太多，从未说过真心话。表面上看，这样似乎是替对方着想，没什么不对，其实并非如此。没有敞开心扉交谈，就不可能真正地解决问题。这次噪声事件，就是一个很好的契机。叫上你丈夫，你们一家三口好好谈一谈吧。”

智子和祐马对视了一下，思考片刻，一起点了点头。

“另外呀,”我对着智子说，“您最好去看看神经内科。我回头跟小咲说一下，她一定会替你安排好的。那家伙爱帮人忙，热心肠，你不用有任何担心。”

智子点点头，接受了我的建议。我又对祐马说：“祐马君，你好像还没和我们打招呼哦。是不是该和客人打声招呼呀!”

祐马君有些尴尬地挠挠头，不好意思地笑着问了我们一声早安。之后，我们一起下到一楼。智子说要做早饭，邀请我们一起吃，我和阿律婉拒了。在智子和祐马的目送下，我们离开她家，往车站走去。

走着走着，阿律说：“也许，她不会再受噪声的困扰了。”

“啊，也许不会？你是说她精神方面已经放下了包袱，就没问题了？”

“不是。我是说有可能哦。”

“到底是为什么呀？”

等等，阿律这么说，难道是想说我的推理完全错了？

阿律好像完全没有听见我说什么，大步流星，同手同脚，机器人似的迈着步子往前走去。

哼！总给我端臭架子！

我在法庭上传唤了三位证人。第一位是名护士——大辅被刺伤那天，因为输血的问题惠比寿和她争执过。她证明当天惠比寿恳求过她，说只要能救儿子，他愿意把自己的血全部输给儿子。

护士做完证之后，由美子推着轮椅出现在法庭上。轮椅上坐的是儿子大辅。

身穿白色网球衫和卡其色布裤子的大辅，不愧是橄榄球俱乐部的队长，体格健硕。棱角分明的脸庞，再加上那魁梧的身躯，一看就明白他为什么有连医生都感到吃惊的强大的恢复力了。因为是第一次出庭做证，他略显不安，但表情中透着坚定。

惠比寿并不知道大辅也会来。他震惊得瞪大双眼，偷偷扽了扽我的衣袖，靠近我问道：“哎，这是怎么一回事呀？”

“由美子把你的事跟大辅说了，”我平静地告诉他说，

"就是你为了救他做的那些事。听说，今天早上是大辅突然提出也要来为你做证的。"

"那你怎么没告诉我？"

"我觉得给你一个小小的惊喜也不错呀。"

我得意地微笑着。可惠比寿嘴里一个劲啧啧着，好像有些不开心。

"已经获得法官的许可了，没问题的。"

惠比寿叹了口气，什么也没说，眼睛一直盯着正在靠近证人席的大辅和由美子。

大辅被推到证人席前，由美子紧紧挽着他，立在他身旁。

首先出庭做证的是由美子。她用平缓的口吻讲述了当天在医院发生的事情，以及当时和前夫的对话。最后，她对法官深深鞠了一躬，眼含热泪地为惠比寿恳请减刑。

由美子用手轻轻拍了拍大辅的肩头，大辅也缓慢走上证人席，宣誓之后开始做证。他直视着法官，嗓音粗大有力，谈吐干净利落，整个人看起来是那么坦荡、那么自信。从他的身上，看不到惠比寿的一点点影子，绝对是惠比寿的基因发生了突变。

大辅说，自己一度也曾因为没有父亲而很叛逆，对这位没有任何记忆的父亲也曾一直怨恨在心。说到动情处，虽然有几次哽咽了，但他始终有条不紊，语气坚定。在证词的最后，大辅提高嗓音对法官申诉道："我知道，虽然他是个没有什么社会价值的人，可是，对于我而言，他是这世间唯一的父亲。我想，这也可以是他的价值所在。十五年从未谋面，却为了救我情愿舍弃自己的性命，刚开始我真有点不敢相信。可是，内心还是觉得非常非常温暖。”说到这里，大辅大声地吸了一下鼻子，然后继续说：“所以，恳请法庭能给我父亲一次重新做人的机会。如果这次他还不悔改，我们也无话可说，无论判多重的刑，都绝无二言，我也对他彻底死心。请给他最后一次机会。拜托了！”

当大辅说完准备从证人席上下来时，法庭里忽然回荡起一声巨大的哀鸣。我吓了一跳，赶紧转过头一看，只见坐在我身边的惠比寿浑身颤抖着泣不成声。

“被告人！”

桥爪法官严厉的声音吓得惠比寿打了一个寒战，嗓子里冒出咕的一声，背也不由得挺直了。

“对不起！我没想哭，可是没忍住……”

口齿不清的惠比寿结结巴巴地道着歉。

“算了。”说着法官探身过来，用沉稳的口气对着惠比寿说，“你呀，这次可是最后的机会了。今天在这里，你要把‘自己是一个有价值的人’这句话深深地刻在心里。记住哦！”

惠比寿用力咬着嘴唇，使劲儿点着头。

“多好的孩子！这是你的儿子哦，是你把他带到这个世界来的。就这一点，也足够让你感到骄傲了，不是吗？行了，就这样吧。”

惠比寿对着法官不知鞠了多少躬，他一边流着泪，一边反反复复地说着："谢谢了，谢谢了！"

中午短暂休庭之后，下午桥爪法官在法庭上郑重宣判："判决如下——判刑六个月，立即执行。"

什么？不是缓期执行而是立即执行？等等，等等，法官刚才不是也被感动得稀里哗啦了吗？

宣判之后，桥爪法官说："好不容易下定决心要戒酒了，就用半年时间彻底远离酒精，戒得干干净净的再出来。记住了，这次可是有人在等着你呢，你不再是无家可归的人了。再也没有比这更开心的事了，对吧？"

哦噢，原来如此，法官是这个打算呀。

闭庭之后，桥爪法官对我和阿律招招手，示意我们走近法官席。他从座位上探身过来，带着阵阵扑鼻的发蜡气味对我们说："听说你们是堂下正宪律师的儿子？"

"是的。"我立即回答。

"那又怎么了？"阿律突然来了这么一句。

法官完全没有在意阿律的不礼貌，微笑着来回端详了我和阿律好一会儿，说："你们的爸爸可是个好律师哦，早早就走了，真可惜！行了，你们一定吃了不少苦吧，好好干！我想说的就是这些。"

"谢谢您。"我对着法官鞠了一躬。这时，阿律不服气地说了句："我哥哥已经是个好律师了啊。"

法官愉快地笑了起来。

真拿他没办法，总是这么直来直去的，都不知他到底是可爱呢，还是惹人恨呢。唉，我这个弟弟呀！

“可不管怎么说，路上随便拉住个人，就要抽人家的血，简直……”姨父在吧台里面一边擦拭着粉碎机，一边摇着头感慨道。

今天店里只有四五位老顾客，很悠闲。

“他就是个大傻呀，”丸目很是赞同地点头笑着说，“除了笨还是笨。”

从旁听席回来的小姨也加入了这个话题：“可是，他这么认真地做这种傻事，不是很可爱吗？”小姨把端回来的空咖啡杯从托盘上拿到吧台上，接着说：“这说明他本质是个好人，对吧，法男？”

“也是哦，他是有股傻乎乎的劲儿，但绝不是什么坏人。”

我喝了一口姨父给我冲泡的精品咖啡，附和了一句：“他原本已经完全丧失了生存的欲望，好像通过这件事，又重新看到了希望。”

“怎么？难道还有可能和前妻复合？”

“那倒不一定。”我看着姨父说，“可是，由美子说了，惠比寿出狱后她愿意做他的担保人。还说等大辅能走路了，就马上去监狱探视他。”

“哦。”姨父说，“看样子有戏呀。”

“不论以何种方式，我觉得他们三人一定会相处得很好的。”

“可喜可贺，可喜可贺。”丸目有点酸溜溜地说，“为什么这种一无是处的男人总有好女人跟呢？这里明明有这么好的男人，却……唉，这个世界真是千奇百怪、无奇不有。”

“哎哟，好男人在哪呢？我怎么没看到。”小姨打趣道。

丸目翻了小姨一眼。

小黑团成一个小肉球卧在吧台上，阿律捋着小黑的毛说：“没有爱，人无法生存；不被爱，也活不下去。”

“哦，阿律，这是谁的话呀？”

“日本作家德富芦花说过的话。”

“今天也有名言警句，不错哟，名言博士！”

丸目的话音未落，店门突然开了，君塚一家人走了进来。智子和祐马中间是一位个子高高的男性，应该就是智子的丈夫吧。君塚一家人的后面，还跟着一个人，竟然是小咲，她一脸认真严肃。大家简单介绍认识之后，智子首先对我鞠了一躬，说：“这次多亏了您，太谢谢啦。”

今天的智子明快爽朗，与之前见到的判若两人，敏感多疑的样子荡然无存。

“您太客气了，我什么也没做。”

我出于礼貌这么客气了一下，可是我竟然瞥见坐在我身边的阿律点了点头，接着小咲也点了一下头，然后又听到丸目的声音：“的确没做什么，您不需要客气。”

哎，哎，你们这是……

“那时，您建议我们一家三口最好能敞开心扉地谈一下。就是因为您，我们才真的一起面对了问题。我说得对吧，孩子他爸？”智子看着她的丈夫，她丈夫君塚明笑着点点头。他留着三七分，戴着一副黑框眼镜，一看就是那种心灵手巧的人。他的笑容无忧无虑，一点儿也没有在劝退小黑屋受过折磨的阴影。

“之前，我因为决定了不跟家人诉苦，一直在咬牙硬挺。不过，说实话，已经快到崩溃的边缘了。”君塚明不好意思地挠着头说，“智子跟我联系得太是时候了，我终于说出了自己想辞职的心里话。之前，我以为绝对不能提想辞职这件事，没想到，智子和祐马都很支持我。”

“说实话，你这个年纪了，再想找工作的确很难吧？”第一次见人家，丸目就这么直白地追问人家。

“这个嘛，其实呀，”君塚明把脸转向站在身旁的儿子祐马，看到满脸笑容的祐马，他的脸上更是笑开了花，“儿子帮我在模型制作公司找了个活儿，我已经被录用了。”说着，他又挠了挠头，不好意思地缩了缩脖子。

“就是那家公司吗？你把自己做的模型拿去，获得内定的那家？”我看着祐马问道。

他用力点点头，故意做出一副愁眉苦脸的表情说：“明明是靠我的关系入的职，老爸竟然成了我的前辈。”

智子也笑了，说：“从没想过他们父子俩竟然会在同一家公司上班，总觉得怪怪的。”

“还不都是受老爸的影响，我才爱上模型制作的嘛。”看祐马有点认真了，君塚夫妇相视一笑，君塚明说：“原本做模型就是兴趣，做梦也没想到最后竟然会靠这个吃饭。”

“最大限度地利用机会，这是我的原则。”

阿律突然插嘴说了一句。君塚明和祐马两人面露惊讶之色。

“夏亚·阿兹纳布尔!”祐马惊喜地说。

“这是夏亚和阿姆罗决战之后，对妹妹塞拉说的。”君塚明也两眼闪烁着兴奋的光芒，跟着补充解释了一句。

“什么？什么呀这是?”小咲听得一头雾水。君塚明又耐心地介绍说：“这是动漫《机动战士高达》中的一句名言。”

“总之,”我说，“我看过您做的模型，绝对够水准，可以成为商品卖钱。”

我说的是实话，丝毫没有奉承之意。君塚明却很拼命地摇着手说：“哪里哪里，差得远呢。我还需要学习很多东西。不过，现在每天都过得很开心。真的要感谢我儿子。不过，现在收入减少了很多。”君塚明苦笑着揉了揉太阳穴，继续说：“我们把之前的房子卖了，买了一个二手房。虽然房子小了点，可是一家人的心却贴得更紧了。我自己觉得挺好的。”

“美好的家庭氛围有多种因素,”阿律一边摸着猫仔小黑的头，一边说，“其中最重要的，就是家人团聚，彼此没有欺瞒。”

“今天的名言博士又是妙语连珠哦。”丸目赞许道。

“这是谁的名言?”小咲问。

阿律马上答道：“福泽谕吉。”这时，智子又对我们鞠躬行了一个礼，说：“多亏了你们，我不再被噪声困扰了。可不是因为搬了家的缘故哦。你们两位来了之后的第二天，噪声突然就消失了。我和儿子谈开了，之后又和丈夫打了电话，心里轻松了，便不再有噪声了。”

“那也就是说，”小咲说，“不用约神经内科的医生了，是吧？”

“这些都是因为两位堂下先生，真的非常感谢！”说着，君塚明和祐马也像智子那样对我们鞠躬行礼。

我活到今天，还没有被人这样感谢过，不免有些飘飘然。如果就这样维持我高大的形象，下次他们要是有什么官司，一定会再来找我的。所以，我当然决定默默地接受他们的感谢。

“哎哟！”我忽然疼得大喊一声，因为阿律突然掐了一下我的屁股。

唉，真拿他没办法。老实人就只能吃亏呀！我一方面不愿说实话，另一方面又觉得自己有点心虚。没办法，最后我决定还是老老实实地说出实情。

“其实是您把补大牙的金属材料换掉了的缘故。”

“什么？”智子完全没听懂我说的是什么意思。

“其实，这也是我们推测的。”

“到底是怎么一回事呀？”

“您知道矿石收音机吗？”

君塚明回答了我的问题，他说：“是不是那种不用电、靠矿石接收信号的收音机？”

我点了点头，解释道：“用矿石把电波转换成声波，像最早的那种半导体。”

“法男呀，你说的都是些什么呀？”丸目歪着脑袋，一副完全听不懂的样子，“你不是理科很烂的吗？”

“所以，我才去查了呀。”

“啊，原来是这样呀。”说话的是小咲，她解释道，“是金属！”

听了小咲的话，君塚明和祐马好像也明白了，交换了一下眼神。

“补牙的金属材料，”我把现学的知识卖弄了一番，“据说非常偶然的概率，会通过唾液形成导体，接收声波。当然，这是极其罕见的事例哦。”

“也就是说，智子补牙的金属材料碰巧接收到了邻居的短波收音机的信号？”小姨问道。

“牙齿接收到的音频，把脑壳作为音箱，在大脑里形成巨大的回声。所以，只有智子一人听得到。”

“真有这样的事呀？”小姨紧锁眉头，脸上一副不可思议的表情。

“还真有几个人有过同样的经历呢。”我回答道。

“很少有人会想到是牙齿的金属填充物造成的，一般都会误认为是幻听，”我转过头对着智子说，“那天早上去你家拜访时，你告诉我们说下午约了牙医，要把金属材料的填充物换掉。然后，第二天就没再听到噪声了。也许您会觉得是因为没有了思想包袱的缘故，其实是因为换掉了金属材料。”

“原来是这么回事呀。”智子半信半疑地点了点头。

“太厉害了，”祐马感慨地说，“竟然能察觉到这个，简直就像名侦探一样哦。”

我真希望就这样被他们误解着，可是真正的名侦探就坐在我的身边，我没办法装傻糊弄下去。只好老实交代说：“其实发现这个问题的是我弟弟。”

君塚一家人齐刷刷地一齐看向阿律。

“别这样盯着人家看。”阿律嘟囔了一句，微微缩了缩脖子，从吧台上把小黑抱起来，紧紧地搂在怀里，好像小猫是他的守护神，能保护他似的。

“明明脸皮那么厚，还挺腼腆害羞呀。”小咲瞪着我说，“我说的脸皮厚可不是指阿律哦，是说你这个家伙。”

我也回瞪着小咲，直到姨父故意咳嗽一声提醒我，才移开了视线。

“果然还是我们阿律厉害哦。”接着小姨的这句感慨，丸目也笑着说：“和某位倒霉鬼哥哥比，那真是天壤之别哦。”

哎，就你话多！

“别一直站着说话了。”吧台里的姨父说，“请到后面有桌子的座位坐下慢慢聊吧。今天我们店里请客，想喝什么随便点。”

“那怎么能行呢。”君塚明推辞道。

“别客气，别客气，就当是为您换工作庆贺一下。一点儿心意而已。”

姨父好像想摆一下他男子汉的谱，对着小姨粗声大气地说：“哎，照美，别在那儿犯傻了，快领客人到后面的座位上去。”

姨父经常搞这套，却屡次弄巧成拙，搬起石头砸自己的脚。他如此缺乏学习能力，简直比我有过之而无不及呀。

“你说谁呢？到底是谁总犯傻？”果然，小姨没有轻易放过姨父。

“行了哦，在人前呢哦。”姨父马上不知该如何收场了。可是，已经来不及了，小姨那双像松鼠般圆溜溜的眼睛已经怒目相向了。小姨生了气，战士高达恐怕都不是对手了。

“快说，我什么时候犯傻了？你倒是说说看！快点！”

“我都说行了……”

“告诉你哦，我早就对你……”小姨一旦发起牢骚，没有十分钟是绝对停不下来的。丸目在一边偷着乐，阿律一如既往没事儿人似的挠着小黑的下巴。我和小咲只好领着不知所措的君塚一家往后面座位那里走。

“这次是不是又义务劳动了？”小咲在我耳旁小声问了一句。

“他们经济那么紧张，当然不能要人家钱了。”

“谢谢你哦，阿法。”她小声说了一句。

“算你欠我的哦，要还的。”

“眼皮子怎么这么浅呢。就因为你总这样，才永远发不了财。”

“你说什么？！”我不由得大声起来。喊过之后，急忙回头看了一眼，君塚一家人很为难地望着我们，更加手足无措了。

我和小咲几乎同时脸上努力堆出笑容，想缓和一下尴尬的气氛。

“恋人之间越吵越相爱。”

突然听到这么一句，我和小咲又同时转过头，异口同声地说：“什么？你说什么呢！”

阿律嘴角微微上扬，回答说：“这是古代罗马戏剧家泰伦斯的话。”

“没问你这个。”我说。

“阿律，你给我安安静静待着。”听我和小咲这么说，阿律又扬了扬嘴角，把怀里抱着的小黑举起来，挡住他的脸。这样一来，我和小咲看不到阿律，只能看到小黑那张可爱的小脸了。

“婚姻既不是让你脸红心跳的开心事，也不是什么让人害羞的事。”

听了阿律的话，我和小咲又不由得对视了一下，两人的脸顿时感到火烧火燎地发烫起来。

“夏目漱石在《行人》中写的哦，喵呜。”说完阿律还学了一声猫叫。

我和小咲感觉有点尴尬。

吧台那边，小姨和姨父还在那里打嘴仗。店里稀稀拉拉几位老客户，完全不介意他们的争吵，看报的看报，读漫画的读漫画，甚至还有人干脆躺在沙发上。猫儿们也散落四处，各自悠然自得。

今天的猫咖啡馆，一如既往地安宁。

后　记

这部作品在创作过程中，得到了东京翼法律事务所池田毅先生的大力支持和帮助，他一直耐心地给我讲解法律方面的知识。在此向池田先生表示我最真挚的谢意。

本书是将2014年5月PHP研究所刊发的《名言侦探》改编后发行的文库本。

法庭上仲裁的内容因故事情节需要，与现实制度有出入之处。

本书故事纯属虚构，人物、团体等与现实无关。